帰ってから、お腹がすいても いいようにと思ったのだ。

高山なおみ

文藝春秋

帰ってから、
お腹がすいてもいいようにと
思ったのだ。

〈目次〉

目次

帰ってから、お腹がすいても
いいようにと思ったのだ。

高山なおみ

プロローグ

若い女が、夜中の食堂でひとりやきそばを食べている。

ウォン・カーウァイ監督の『天使の涙』でのワンシーンだ。

彼女の背中ごしでは突然殴り合いの喧嘩が始まり、椅子が宙を飛んで男が血を流し大騒ぎになっている。

けれど振り向きもせず、相変わらず彼女はやきそばを食べている。

煙草の灰をテーブルの上にぼとぼと落としているのを気にもせず、ふるえる指先で煙を吸いこんでは、口の穴の中にやきそばを押しこみ、また煙草を吸う。

彼女は、愛するひとを亡くしたばかり。

うつろな目をして孤独を味わっている大画面の真ん中で、なぜかそんなふうにやきそばを食べている。

それがなんだかリアルだった。

玉子つなぎのインスタント麺みたいな、ねぎくらいしか具が入っていない、カキ油の味がほんのりするもそもそしたホンコンやきそば。

私は映画館を出てから、あのまずそうなやきそばが食べたくなってしまった。

ひとはなんで、悲しい時でもたべものを食べられるんだろう。

ひとはなんで、まずいにきまっているのに、そういうシチュエーションの時に食べたたべものを、また食べたくなっちゃうんだろう。


ついでながら、私の父が死ぬ一週間ほど前の話である。

はてしなく微熱が続いては、少しずつ少しずつ体力が消耗して、確実に死に近づいてゆく病。

父の場合、発覚した時にはすでに手遅れだった。

その消耗が日に日に速度を増してゆく父の姿を頭の中で想像しながら、私は知らせを聞いてからも随分と長い間、いつもと変わらず職場の厨房で鍋を振っていた。

その日、私が父を見舞ったのは、二度目の入院をしてしばらくたってからのことだ。

開け放したドアを入ると、いちばん手前のベッドで姉がこちらに尻を向けながら、父の晩ごはんの世話をやいている。

私が来たことを先に気がついたのは姉よりも父の方で、ぼんやりした視線の焦点が私に合わさると、ぼうっとしばらく見つめてから、「なあんだ、なおみかね。急に来るだもの、おばけかと思ったよ」。

タンが絡むのかごろごろする声で笑った。

姉が私の方を振り向いて、「あんた、よかったよ今日来て。お父さんゆうべ熱が出てから下がんないだよずうっと。今日はまだわかるからよかったよおあんた。電話しようと思ってただよ」。

低い声で早口にそう言う。

父はスプーンを握りしめ、せかされたみたいにポテトサラダをほおばっている。ほおばりながらみつめている皿の上には、キャベツの千切りとミートボールが三個のっかっている。

ひとつもらって食べてみると、ほんのり肉の味がするけれど、ベージュ色をしていなかったら、いわしのつみれの味がしそうなたべものだ。

実物の父を目の前にすると、これまで頭の中で描いていた姿のことを忘れてしまった。六十七歳の父は、しばらく会わない間にみごとな八十歳になっていた。

父は、食べながら涙が出ているらしく、姉が振り向いて「泣いてるだよ」と教えてくれる。私も涙が出てくるので、姉が作ってきた弁当を食べることにした。

チーズ入りの甘い玉子焼きと、東坡肉《トンポーロー》には練りがらしがついている。ごはんの上には海苔がかぶせてあって、食べ始めると二段になっていた。黄色いたくわんがふた切れと、こんぶの佃煮ものっている。

私は、父のベッドの足元にぶら下がっているシビンを見たり、床を見たりしながら、弁当を残さずぜんぶ食べた。


姉と入れ替わりで母が病室にやって来た。

入ってくるなり父の枕元の水筒をつかみ、たてつづけに麦茶を二杯飲み干す。

そして、これはぜったいに言わなければと思ったことを、たった今思い出した時のように、私の方をくるりと向き直り、目の前十五センチの近さに顔をもってきて、しっかりと話し始めた。

「おとといの晩、ちょうど三時頃、『場所がある』っていう声が聞こえたの。それからはね、母さんもうだいじょうぶ。父さんの場所を天国に空けてあるってね、神様がおっしゃってくれたから、もうゆだねることにしたから、母さんね、やすらかな気持ちになったから、もうだいじょうぶ」。

首をまっすぐに座らせ、ツヤツヤした顔の母は自信たっぷりに言う。

言いたいことを言って安心したのか、母は父の残したミートボールをひょいと口に放りこみ、「おいしいねぇこれ」と言いながら、姉の作ってきた私が食べたのと同じ弁当を食べ始めた。


帰りの新幹線で、私はビールとサンドイッチを買った。

サンドイッチを食べる時、私の指から父の病室のにおいがしてきた。

漢方薬のはりつくような甘いにおいと、湿った汗のすっぱいにおい。それから、父が元気な頃からつけていたポマードの油臭いにおい。

サンドイッチは七百円もしたのにパサパサしてちっともおいしくない。きっと今朝早くに作ったやつだろう。

けど、残さずに食べた。

食べ終わってから売店がある車両にもういちど出かけて行って、鰻弁当と焼売を買った。

帰ってから、お腹がすいてもいいようにと思ったのだ。

青い毛布の胸のところが。

○月○日

井の頭公園は近所なので、通勤の行き帰りによく通るが、いつも自転車でつっ走る感じが癖になってしまっている。

このところ、急に冷たい風が吹いたりする日もあるけれど、ほとんど毎日がポカポカ陽気で、公園全体がうす桃色にかすんでいる。これは、池の回りに植わっている大量の桜の木の蕾《つぼみ》のせいなのだ。簡易トイレの工事も着々と進んでいるし、そのうち花見客が押し寄せて、春がやってくる。

買い物帰りの夕方、たまには自転車を降りてみようと思い立ち、ぼちぼち歩いていると、缶ビールを片手にひとりぼんやり座っている、サラリーマンのおじさんがいる。むこうでは、高校生がひとつのベンチに4人も座りこみ、男の子たちはわざと猫背になって、煙草を吸っている。道の方まではみ出した制服姿の女の子が、地面を蹴りながら踊り出す。

夕方の公園の空が、家に帰りたくない人たちを見下ろしている。

つい、自転車を止めてしまった。

私もビールを買ってきて、おじさんの隣のベンチに座ることにした。


ポケットに手をつっこみ、手さぐりでウォークマンのスイッチを入れる。

耳の中から聞こえてくる音楽はだんだんに私を、ビニール1枚分だけ世の中から浮き上がらせる。


鴨が1羽、池に長いすじをつけて小さくなってゆく。橋の上のあかりがオレンジ色に灯るにつれ、昼間の熱は湯気になって蒸発し、しっとりとした夜が近づいてくる。

池の真ん中にある噴水の、いつまでも同じ調子であふれ続ける水のように、この世界はたんたんと、ずっと続いてゆくにちがいない。木も池も水も森も、この気持ちのいい夕暮れぜんぶが、今日最後の光を放って私に見せつけている。

「フィッシュマンズ」が唄っている。


――（前略）Oh Summer Sunset　夕焼け空　オレンジ色したまんまる

ドラマつまった　語りすぎた　調子のいいあの色さ
Oh Yeah　ナイーブな気持ちなんかにゃならない
Oh Yeah　人生は大げさなものじゃない
何も減らない毎日に　ボクらはスッとするのさ
水平線の向こうから　昔と同じ音がする　アー
こんな毎日を　だるそうに過ごしている
この毎日に　とりあえず文句つける—
（フィッシュマンズ『ＳＬＯＷ ＤＡＹＳ』より）

西の空に三日月が昇った頃、急に思い出した。

15年ほど前、今と同じように私はひとりでここに座っていた。

電車に揺られてここまで来ると、売店でビールを買って来て、双眼鏡で光る昼間の池を見る。

両耳で蓋をされた頭の中ににじんでくる音楽は、やっぱり今と同じように私を現実から浮き上がらせた。

でも、あの頃私が好んで聞いていたのは、夢の中にひきずりこまれたきり、現実にもどれなくなるような種類のものだった。

食べる前には、あんなにわくわくしていたおいしそうな食べ物も、満腹になった途端、夢はどこかに消え失せてしまう。

だから私は、いつも腹をすかせていようと思っていた。

当時私は結婚をしていたのに、毎日ごはんの支度をして、帰って来る人を待つというあたりまえのこともしなかった。人を愛する気持ちが薄くなって、すり切れた台布巾みたいになってからでないと、そういう日常のことは続けられないのだと思っていた。

世界はいつも美しく、人々は誰もが純粋で、自分はいきいきと感動しながら毎日を生きていなければならなかった。

隣のベンチで弁当をひろげていた家族連れや、彼女のひざに寝そべって、顔を撫で合っていた恋人たちは、暗くなるとどこか暖かなところに帰ってゆく。それでも私は家に帰ろうとせず、双眼鏡を目に押しつけたまま、池に映った揺れる月をいつまでものぞいていた。私は、かなしくてしあわせでかなしかった。

ウォークマンのスイッチをオフにすると、世界がもとにもどる。サラリーマンのおじさんは、もうビールを飲み終えて家に帰ったのだろうか。いつの間にか、若いカップルがその席を陣取り、抱き合っていた。噴水の水はたいくつそうにいつまでもあふれ続けている。

さあ、そろそろ帰らないと。

買い物袋で満ぱいの自転車のスタンドを蹴り払いながら、私は今夜の晩ご飯のことを考えていた。そして、ネギを買い忘れたことを思い出した。

○月○日

ソファーに寝ころんで、本を読んでいるうちに寝てしまった。

何か悩みごとがあったというわけでもないのだけれど、何をするにもうっとうしくてやる気がない。

窓の外は雨が降っていて、朝からなんとなしに憂鬱《ゆううつ》な感じがするような、そんな気分を引きずったまま。

となりの部屋でテレビが鳴っていた。

それがずっと聞こえていたから、そんなにぐっすり眠っていたわけでもないだろう。それでもずいぶん長いこと眠ってから「こころが寒いなぁ」と思って、目が覚めた。そしたら青い毛布の胸のところがすっかりはだけて眠っていた。そしてすぐに「こころをあたためないと」と思い、私は毛布をあごのところまでかけ直し、また寝た。ねぼけていたので。

起きてみたら、いくぶん元気になっているみたい。

「落ちこんだ日のスープ」

たましいの恋人たち。

○月○日
冬の終わりのある日、J君は、大きなリュックをかついで店にやって来た。

小柄な体に大きな毛糸の帽子をかぶり、バリ島に行って自分で染めたというTシャツを重ね着している彼は、ひとなつっこい少年みたいな顔をして「よろしくおねがいします」と、おじぎした。

面接だというのに、彼は履歴書も持って来ないうえ、今は住所不定で電話もないという。確かなのは23歳ということだけ。居候《いそうろう》先の友だちの家には洗濯機がないので、大量の洗濯ものが入っているリュックをかついで、これからコインランドリーに行くのだそうだ。

そんな彼がウエイターとして働いた初めての日のことを、私はよく覚えている。

時々、帽子の下の頭をかきながら、テーブルとテーブルの間を走りまわり、腰をかがめてオーダーを取ってくる彼は、そつなく仕事がこなせるタイプではなかった。初日に失敗をたくさんするのは当然で、それを隠そうとする子も中にはいるけれど、J君は違った。彼は必死のあまり自分の失敗を隠す余裕がないのではなく、それを隠す必要が自分にはないと思っているみたいに見えた。

厨房で鍋を振りながらなんとなしにフロアーをのぞくと、彼の背中越しにはいつもお客さんの笑顔があった。

アルバイトのH子は、厨房で働き始めて2年になる。彼女は美大の4年生で、卒業したらどこかの会社に就職するよう、母と祖母に迫られている。

H子は、就職をしたくない。自分はしたいことだけをして生きてゆきたいと思っている。だけど、どうすれば良いのか方法がわからない。

彼女の想いは真剣で、いろいろ考えていることはわかるのだが、自分の中に沸き上がってくるわけのわからないエネルギーをもてあそんでいるだけのように見える時がある。憂鬱になって押さえこんでみたり、ある時は、思い切り酔っ払って野放しにしてみたり。そのエネルギーが何なのか確認することをしないので、その力を利用して先に進むことができないでいる。

父親のいないH子は、母親と祖母に育てられた。ふたりは、H子が勉強ができるとか、スポーツができたりするところばかりを見ていて、「私はほんとはそうじゃなくて、そうじゃない私の芯のところをね、いちども見てくれたことがない」と言う。

だからH子は、自分で自分自身の過ごし方を発明しなければならなかった。

たとえばそれは、ロウソクの芯のようなものだと思う。

体の奥の方にしまわれているので、普段は気にもとめない。でも、そこにマッチの火を近づけると、赤々とした火が灯る場所。

ある夜、ふたりはお酒を飲んだ。

J君は、生まれてからの記憶を、ものすごく細かいところまで紙に書き付ける。そうしないと眠れないから。

「それでも眠れない日は絵を描くんだ」。そうすると、やっと眠れる。

目の前でにこにこしながらしゃべり続けるJ君の話は、それだけで充分だった。H子はJ君に恋をした。

そしてふたりはあっという間に恋人同士になった。

さてH子とJ君はすでに皆が認める仲になっている。店のスタッフみんなで花見のまっ最中、私たちは良い気分で酔っ払って、それぞればか騒ぎしていた。

とつぜんH子が、隣に座っていた男の子に向かって「私はこんなに丸はだかなのに、あんたはなんで丸はだかじゃないんだ」と言い出した。すると、そこにいた子たちみんなが口々にH子を攻撃したものだから、感きわまったH子は、大粒の涙をぼとぼと落として泣き出した。

私にはよくわかる。幸せのまっただ中だったH子は、みんなのことが大好きなので、自分でつかんだこの幸せを、隣で控えめに幸せを味わっている男の子にも味わわせてやりたいと考えたのだろう。

J君は、「彼はそれでいいんだ。センスだから、みんなぜんぜんいいんだ」と、たき火を反射させた目玉で、H子の顔を見すえながら、ゆっくり言った。

夜が明け始め、みんながちりぢりになって帰って行く時、向こうの青いシートの上にH子が膝をかかえて座っていた。

泣いているH子は、うつろな目をして桜を見ている。J君は彼女の隣に座って、上着をかけてやっている。

私はふたりに手を振って歩き出した。

公園はすっかり夜が明けて、カラスがカーカー鳴き叫んでいる。ウォーキングをしているばあさんや、散歩をしているじいさんにどんどん追い越されてしまう。

ふと、じいさんが立ち止まって、池の向こう岸の桜を眺めている。私もそのへんの切り株に腰掛けてみることにした。

桜は、すごいことになっていた。

木から桃色がブハッとはみ出している。ひとつひとつの花が満開で、それらが房のようにかたまっているので、もう我慢できない花びらは、風もないのに散りまくり、それが池にも映って、遠くの方まですっかり桃色にけぶっている。

振り返ってみたら、ふたりはひとつのかたまりになって池の方を見ていた。

J君は、卵を温めるように両手をひろげて、その上から上着をかぶっているのだろう。かまくらのようになったJ君の背中にも、桜の花びらが散っていた。

私は、たましいの恋人たちの映画を思い出していた。イギリス映画の『バタフライ・キス』。主人公はふたりの女。

それは、ふたりだけの、まじりけのない恋愛の物語。

ふたりは映画の中で食べ物をほとんど食べなかった。インスタントヌードルも食べ損ねたし、食べたのはビスケットだけ。たましいの恋人たちにはビスケットが似合う。ほんのちょっとで栄養になるようなもの。登山で遭難した時に、命をつなぐために食べるような食べ物。

ふと前を向いたら、じいさんはもういなかった。あのじいさんは毎朝あんなふうに公園を散歩していて、毎朝見る桜を、いつもきれいだと思うのだろうかという考えが、頭の中にとつぜん浮かんだ。

そしたら急に目の前の景色が、ただの桜になった。

私は起き上がって尻をはたいた。

しばらく歩いてもういちど振り返ると、ふたりが、積み重ねられたただの荷物みたいに見えた。

「シンプルなビスケット」

彼女たちの、4月ものがたり。

○月○日
東急ハンズのトイレ前のベンチで缶コーヒーを飲んでいたら、女の子3人組が横いち列に並んで、だらだら歩いて来た。

「あっ、いいわヨ。すわって、すわってェ」。そのうちのひとりが私の隣にふたりを座らせると、腰にぶら下がったポシェットから煙草を1本取り出し、髪をかきあげる。

「ていうかさーあたしこないだカレシにおこられちゃって。ううん、ちがくてェー、もうひとりのカレシの方なんだけどサー」。

超ミニスカートから太めの足をむき出しにした彼女が、煙を吐き出しながらたて続けにしゃべり始めると、あとのふたりも適当に相づちを打って、「やっぱりドラマみたいにはいかないわよねェー」なんて言っている。

続いて、昨日のテレビドラマがどうなったとか、タレントの女の子の髪形がかわいかったとか、無責任な会話はしりとりのように転がって、どこにも落ち着きそうにない。

彼女たちのどこを嗅ぎつけて、私はそう感じてしまうのだろう。ちょっとしたことば遣いの中に、田舎っぽいイントネーションを聞いてしまうからか。または服装のアンバランスさか。それとも、表情のぎこちなさからなのか。東京に見栄を張らずにいられない彼女たちのような女の子は、春から初夏にかけて、東京の中でも東京らしい、たとえば渋谷のような場所で出くわすことが多い。彼女らに遭遇するたびに、普段胸の底に沈んでいてすっかり忘れていたある感覚が、ふわっとのど元まで浮かんできて、うっとうしいような気分になる。できるだけ味わいたくないその感覚は、もしかしたら、彼女たちと同列である地方出身者としての、私の弱みなのかもしれないなと思う。

私が上京してすぐに住んだ部屋は、美容院の2階にある4畳半だった。部屋に入るとすぐに半畳分の台所があり、マッチをすって火をつける旧式のガス台が1台と、浅くて小さな正方形の流しが隣に収まっていた。他に置く場所もないので、冷蔵庫も鏡も食器棚もカセットデッキもオーブントースターも、みんな畳の上。ふとんを敷くときは、こたつを窓際に寄せ、枕もとの冷蔵庫の音を聞きながら眠る。

兄夫婦の家の近所にその部屋を借りたのは、両親の心配からだった。3日にいちどは兄の家に通い、洗濯機を借りたり、晩ご飯をよばれたり、姪のおもりで公園に行ったりして過ごした。夜になって、たたんだ洗濯物をかかえて部屋に帰ってきたら、あとはふとんを敷いて寝るだけだ。

私の他にも同じような部屋がふたつあり、それぞれに年上の女の人が住んでいたのだが、朝、学校に行く時に顔を合わせたらいちおうは挨拶を交わすけれど、たまに銭湯ではち合わせになっても、お互いにわざと知らん顔をしてやり過ごしていた。

夕方、帰りが遅い兄を待たずに、義姉と姪と3人で食卓を囲む。義姉が作る料理はあか抜けていて、何を作ってもらっても私にはおいしすぎた。田舎の母が作る料理とはちがって、スパイスをさりげなく使ってあったり、器も盛りつけもしゃれていた。けれど、血のつながりのない同士の食卓は、なんとなしにわだかまりがある。私はちょっとずつおかわりをやせがまんするようになり、そのうちご飯どきには部屋に帰るようになっていった。

そんなある日、部屋の台所で本格的なカレーを作った。

玉ねぎを5個ぐらいみじん切りにしてじっくり炒め、小さな赤い缶に入ったカレー粉と熟したトマトでルーを作り、骨付きの鶏を煮込んだ。

流しの上に対角線に固定したプラスチックのまな板の上では、玉ねぎひとつみじん切りするのもやっとだ。それでも汗だくになって残りの玉ねぎを刻み、鍋にほうり込む。炒めている間じゅう狭い台所には湯気がこもって、棚の上に置いてある洗面器の中で、シャンプーや石けんのにおいと混ざる。

それでもどうにか半日煮込んで、夜中にはおいしそうなチキンカレーができあがった。

1杯目はテレビを見ながらハフハフ食べた。

おかわりをしに台所に立ち、裸電球をパチンとつけ、鍋の蓋をあけてよく煮込まれたカレーを見たその時、背中からずんっと何かが入ってきた。

それが胸のところに届いてギューと体を締めつけると、「さびしい」という言葉になった。

兄の家の冷蔵庫の中には、ぶつ切りの明太子と輪切りのたくわんが入ったタッパーが、いつも切らすことなく入っていた。それは、兄が出がけに飲み残して行った紅茶のカップなんかが、なに気なく流しに置いてあるのと同じくらいに、上京したての私にとっては、家族や家庭の象徴だった。

ひとりで暮らしてゆこうということ、自分で自分にご飯を食べさせるということは、自分の意地きたなさをはっきり目の前に見てしまうということだ。

私は、そのことからできるだけ遠くにいたかった。

○月○日
岩井俊二監督の『四月物語』を見た。

見ながらいつしか私は、主人公といっしょに桜散る景色を自転車で走りぬけ、本屋で立ち読みをし、カレーを作って食べていた。

そして最後の大雨のシーンのところになった時、私はなんだか完全に思い出していた。

上京したての頃の私は、東京という街と、自分との関係が欲しかった。

だからそこに住む理由を、東京とのつながりを、映画の主人公と同じように希望を持ってけっこう明るく、爽やかに、いっしょうけんめい探していた。

映画館を出てから、渋谷駅の地下街を歩いてみた。新玉川線に乗り換えるあたりにある懐かしい食品売り場は、驚いたことにあの頃のままだった。

惣菜売り場や、パン屋の配置もまったくあの頃と変わっていない。けれど、ちょうど20年分だけ歳をとったようにくすんだ色をかぶっていた。

ペタンコの財布を握り締め、よだれをこらえてここらをうろついていたあの頃、何でもめずらしくておいしそうに見え、お祭りの出店みたいに華やかだった売り場は、閉店前の気のぬけた空気も手伝ってか、しょんぼり、飽き飽きとしていた。

「夏野菜と鶏の南島風カレー」

これから。

○月○日
友人が『ミステリアス　ピカソ～天才の秘密～』の試写を見に行った。

「すごく良い絵が描けてるのに、その上からどんどん別の絵を重ねていって前の絵を消しちゃうんだぜ。でも最後に出来上がった絵がやっぱ、すごい良いから、やっぱすごいんだよな、ピカソは」。

パンフレットの写真のピカソは、目をむいて直立している。このきびしい目玉は、ただ描きかけの自分の絵を見ているのではなくて、ピカソの頭の中にある方の絵を、穴が空くほど観ているように見える。

そんなピカソも何度か結婚をしていて、子供たちの父親でもある。半ズボンにスニーカー姿のピカソが、あの大きな目をほころばせて家族といっしょに散歩をしたり、晩ご飯を食べたりしている映像を私もどこかで見たことがある。だから、やっぱりピカソはなんだかすごいと私も思っていた。

A駅の前の大通りを渡ると、銀行の横から商店街が始まっている。地図によると、どうやらここを抜けてゆけばいいらしい。買い物かごを下げたサンダルばきの奥さんや、塾に行くのだろうか自転車をこぐ子供たちとゆっくりすれちがう。駅前からは思いもつかない昼下がりの下町の景色だ。

漬け物屋や味噌屋、パン屋が並んでいるかと思えば、小さな洋品店が隣でバーゲンをしている。「ヒグチ食堂」と白地に青で染めぬかれたのれんの隣には古本屋が並び、クリーニング屋の窓枠の、水色のペンキのはげ具合は、ひと昔前のままにちがいない。その先の酒屋で私は冷たいお茶を買った。ほんとうはビールでも飲みながら歩きたい気分だ。つきあたりの豆腐屋の角を曲がると、とうとつに近代的な病院が見えた。ああここだ、この病院で3日前に従妹は赤ん坊を産んだのだ。

病室に入ると、ピンクに白い水玉を散らした寝間着姿の従妹がゆっくり起きあがった。36歳で彼女は2度目の結婚をし、あっという間に妊娠した。

この前従妹に会ったのは、彼女の母親のお葬式。喪服の下のふくらんだおなかに手を添えながら傘をさし、火葬場の砂利道をかみしめるように歩いていた。

化粧っ気のまったくない彼女の顔に、私は初めドギマギしていた。窓際のベッドには昼間の光が入り、彼女の顔のちいさなソバカスまでもはっきり浮き上がらせて、急に歳をとったように見えたのだ。

麻酔がまったく効かなかったこと、陣痛が始まってからまる1日かかったこと、生まれてみたら3500グラムもある大きな赤ん坊だったことなどを話す彼女の話しぶりは、まるで他人の体験を私に聞かせるように落ち着いていた。

彼女の顔がとてもすがすがしく堂々としていることに、話を聞いている途中で気がついた。まるで長い旅行から帰って、温泉にじっくり浸かってさっぱり垢を落としてきたような、健康で確かな体が、私の目の前でベッドの上に座っていた。

新生児室には、同じような赤ん坊が皆小さなベッドに寝かされて、ガラス越しに20人ほども並んでいた。従妹は照れ臭そうに我が子の前に私を連れて行く。

従妹が産んだ子は、真っ白いふとんからグーの形に握った両手をつき出して目をつぶっていた。唇をとがらせたりすぼめたりしながら、時々まぶしそうに薄くまぶたを開けたりする。

小さな指には関節のところに皺もあるし、小さな爪までちゃんと生えている。鼻はプラスチックで大人そっくりに作られた出来立てみたいだし、耳もちゃんと大人のものと同じだ。他の赤ん坊もよく見てみると、それぞれが全然、すごく違う顔かたちや髪のはえ方をして、生きている。

こんなのが従妹の腹の中に入っていたこと、そして産み落としたこと。私にはそれ自体が驚きだった。

「生まれてすぐに赤ん坊を胸の上に乗せてくれるんだけど、どっから湧いてくるのかわからないけど、愛情がさ。びっくりしたよ。子供なんてほしくないって思ってたのにね、不思議だねー」。

目の前でふにふにと、たよりなさげに動いている小さな人間を、私でさえなんてかわいいと思ってしまうのだから、その母親というのはどれほどの気持ちなのだろう。

○月○日
夢をみた。

将来のわが家の台所の大きな細長いテーブルに、小学生が4人くらい腰かけている。

みんなそろってグラスに入った白い飲み物を飲んでいて、白いブラウスに黒い吊りスカートのいちばん手前の女の子が、飲み物の中に沈んでいる具を箸でつまみ出しては、「これがおいしいんだよね」なんて言っている。

この子らは店のスタッフたちの子供で、学校の帰りに高山のおばちゃんのところにおやつを食べに来ているのだ。スタッフたちは店で忙しく働いている。私はあいかわらず料理の仕事をしているので、試作品の残りものやなんか、食べ物はいつでもいっぱいあるからね。

と、いう夢。

私はふだんから買い物のレシートをためている。いっぱいになるとそれを種類別に分けて封筒にしまう。その時に、ついスーパーのレシートに見入ってしまうことがある。そこにはナスだのタマゴだのブタヒキだのと打ってあって、その日に夫と食べた晩ご飯が浮かんでくる。

そういう、日々のなんでもない暮らしが、これからもずっと続いてゆくのだろうとぼんやり思う。ぼやっとしたその気持ちは、日常的にただ漠然と私をやすらかにしてきたように思う。

もしかすると母親というのは、子供が生まれてその10年先に自分がどんな姿で、どんな暮らしをしているのか、リアルに想像することができるものなのではないか。この前の従妹のさわやかな顔には、彼女の未来が映っていたのではないだろうか。

10年後のある日、こんな夢などとっくに忘れている台所で、デジャブーに襲われる自分のことを思った。

未来が決まっているような気のする心地よさを、私は寝起きの頭の中で味わっていた。

その感触は、掛けぶとんのようにこれからも私を温めてくれるだろう。

若い頃の私はちがっていた。

自分に満足してしまうことは、自分に負けることだと思っていた。

そしてその時の気分で今を塗り重ね、傷つけては、けっきょく見定めのつかない自分の将来がいつも霧の中にうもれているのを、さもしいような気持ちでにらみつけていた。


「ココナッツミルクの冷たいお汁粉」

職業の背中。

○月○日

美大に通うH子は、4年生になるとほとんど授業もなくなるので、アルバイトに精を出したり、旅行に行ったりして楽しそうに暮らしているが、たまに学校に行ってみると「みんなが狂って見える時がある」と言う。

今の時期、級友たちは就職活動のまっ最中。希望していた会社に落ち、次の会社も落ちて焦りもいよいよ本格的になってきている。

「あんなところぜったいに入りたくないって前には言っていたのに、平気でそこを受ける話をしてるんだよ。しかたがないのかもしれないけど、やっぱり私はおかしいと思う」。

そんな彼女も去年の今頃はけっこう悩んでいた。やっぱりいちどは就職を経験しておいた方がいいのだろうかと。

彼女の話によると、自分は絵を描くのも好きだし、音楽も好きだし、料理にも興味がある。

やりたいことはたくさんあるけれど、いったい何が自分に向いているのかがわからない。

ただ、やりたくないことだけは見極められるから、ひとつずつそれをどかしていくことにした。そしたらおのずと就職はしないことになった。

彼女の選択が正しかったかどうか私にはわからない。

それはこれから先、何年もかけて彼女が自分で感じてゆくことだ。


前にテレビで、痴呆症にかかった老人作家のドキュメントをやっていた。

彼の本は読んだことはないけれど、図書館の本棚に何冊も並んでいるような著名な作家だ。今、93歳の老人作家は、長椅子にゆったりと腰掛け、穏やかな顔をして庭を眺めている。

「作家は死ぬまで書き続けなければならない」というのが彼の信念で、ボケの症状が出てきてからも、机の前に座るのが日課になっていた。

最初奥さんは、夫の痴呆を認めたがらなかった。老人は、思うように書けない自分を激しく責めたてる奥さんの首を、力にまかせて絞めたこともあるという。心配した娘が悩んだ末に、両親を別々に住まわせることにした。

そんなある日のこと、娘が書斎に上がってゆくと、原稿用紙に向かって父が何かを書いている。後ろからそっとのぞいてみると、そこには老人作家の名前が繰り返し繰り返し書かれていた。

職業の言葉を忘れた作家が、それでも書こうとしてペンを握っているその背中が、強烈なイメージで私の中に残った。

たとえば、ボケてもなお自分がやってしまうこととはいったい何なんだろうと考える。それは好きとか嫌いとか、やりたいやりたくないを通り越した、これからも私の体にじっくりと、何十年もかかって染み込んでゆく動作なのだろう。


家族みんなが元気だった頃の正月に、奥さんが毎年作っていた「肉団子のもち米蒸し」は、老人の好物だった。娘がそれを再現してこしらえ、食べさせるシーンがあった。その時、心ここにあらずのいつもの表情が、食べ始めた老人の顔から消えていた。「うまい」とひとこと言ったきり、箸につきさした肉団子を食べるのにいっ心な老人は、今では奥さんがたまに会いに来ても、妻のことがわからないでいる。

老人の体に棲みついて離れない記憶というものがあるのを見た気がした。

私は、作家というのは職業の名前なのかとばかり思っていた。

まるで書かなくなった老人は、今でも作家という人間だった。

○月○日
『フンデルトワッサーの世界展』を見に行く。

入ってすぐのところに、白いあご髭をはやした老人が曲がった定規を掲げ、こちらをみつめている写真が飾ってあった。中に入ると、茶色の紙袋を開いたたみたいなしわくちゃの紙に、「ひまわり」の水彩画が描いてある。

どんどん奥に歩いてゆき、いろんな色で出来上がった大きな水彩画の前に立った時、私は腰を曲げて目を近づけてみた。

目の前10センチのところに、緑や黄や赤や青の絵筆の筆の跡が見えた。

ぼんやりと下描きのえんぴつみたいな線も見えた。

そしてそれらをじっと見ていたら、その筆の跡がとても楽しそうにあちこちに曲がったり、塗り重ねられたりしているのが見えてきた。

私は近ごろ印刷されたものばかりしか見てなくて、原画を見るのはひさしぶりなことに気がついた。

小さな布を貼り込んである絵があった。端の方にも別の布が貼ってあり、よく見ると青い2本のストライプが、シーツか布巾の布のようにも見える。もしかしてと思って額縁の脇のところをのぞいてみたら、それはキャンバスに張ってある布の元々の柄だった。シーツのようなつまらない柄を、この絵描きはわざわざ絵の中に残した。

雨のしずくか涙みたいな水玉に、金属が盛り上がっている絵もあった。そのツルツルとした感触は、やわらかい鏡のようで、触ったら気持ちよさそうだったけれど、横で警備員が睨んでいるのでしかたなくやめた。

会場の隅ではビデオの上映をしていた。

フンデルトワッサーは、時々どもる。

ところどころ言葉が詰まりながら話す話し方は、英語なのになんだかとってもわかりやすかった。間に挟まるナレーションの人の英語は、なめらかすぎて私にはまったくわからない。彼は、とても伝えたいことがあって話しているという感じがした。

ビデオには、彼が設計したアパートメントの、なめらかな曲線を描くサーモンピンクの床や階段が映っていた。渡り廊下の壁には、鏡や色とりどりのタイルがモザイク模様にはめこまれ、太陽の光を反射させている。あちこちに植えられた植物がのびのびと緑の葉をゆすっているのは、この建物の住人がいきいきと暮らしているからだろう。

絵から感じたことと、映像の中の彼の話し方や声のトーンやアパートメントのたたずまいが、私のなかで一致した。

フンデルトワッサーは、絵がほんとうに好きで好きでしかたがなくて、なんの迷いもためらいもなく、つい描いてしまうのだと思う。

彼の体の中にあるものが、絵筆の先から尽きることなくにじみ出てゆき、そして、その絵が立体になったような家で、彼は普通に暮らしている。

「ウィーンの画家風　モザイク模様の肉団子」

ひとりだけの場所。

○月○日
彼女の部屋から見える夜景を、私は気に入っている。

新宿の高層ビル群が目の前にそびえ立って、点滅する赤いランプが巨大なロボットかクリスマスツリーみたい。雨が降っていたりすると、ＳＦ映画に出てくる未来都市を思い出す。

お膳の上につまみをいろいろ並べて、女ふたりで酒盛りの最中、ビールから焼酎に切りかえる頃に私はカーテンを開けた。

ベランダのもの干し竿に、Ｓの字の針金をひっかけて、ハイビスカスの鉢がぶら下がっている。なんで下に置かないのだろうと思っていると、「ここに座ってね、窓を開けなくてもこの角度からいつでも見えるようにと思って。赤い花が咲いてるとこ見たら、元気出るやん」。

彼女は、後ろ手についた左肩に首をのせるようにして、窓の外を眺めている。しょぼ降る雨の中、ハイビスカスは高層ビルを背景に大きなつぼみをしぼませたまま、じっとしている。明日の朝になったら、きっと大きな赤い花弁をひろげて、いつものようにその晴れやかな姿を見せるのだろう。

イラストレーターの彼女は、28歳の時に京都から出て来て、この近所にアパートを借りた。それから少しひろい今のマンションに越してきて、もう8年になるという。あの大きな仕事机の上で、彼女はせっせと絵筆を動かし、女ひとりで暮らしてきた。

風呂場から出てすぐのところには、折りたたんだタオルがきちんと収まった棚がある。キッチンの床には、紺色の糸でぬったぞうきんが2枚、絵筆を洗う用の小さなバケツにかけてある。アンティークの小引き出しを開けると、スプーンやナイフや箸やらが、仕切りの中に分けてしまってある。

ひとり用のちいさな炊飯器と、ちいさなフライパン。ちいさな両手鍋と、ちいさなヤカン。そして、ごま油やソースまでしまってある白い大きな冷蔵庫。

冷蔵庫から出してきた手製の焼き豚を、レンジで温めている彼女。ねぎの白いところを細く刻んでいる包丁。

焼酎を飲んでいる私の背中にある、シングルのベッド。枕もとには読みかけの文庫本とちいさな灯り。その部屋のぜんぶが彼女に寄り添っていっしょに暮らし、そのぜんぶすべてのものが彼女の味方。

彼女＝部屋。

たとえばどこか街の中で会っていても、彼女と話しながら私はこの部屋のにおいをかいでいる。

私は甘えたくなる。

なんでだろう。彼女に会うと、この部屋に来ると、なんで私はいつも帰れなくなるほどベロンベロンに酔っぱらってしまうのだろう。

○月○日
H氏のスタジオで料理の撮影。普通のマンションの一室なので、小さなキッチンがついている。今回、私の本の撮影のためにここを使わせてもらうことになったのだが、本のテーマがひとり暮らしの女の子に向けているので、自前の鍋やまな板を持ち込んで、まるでそこがひとり暮らしの私のキッチンだというような設定で進んでいる。

何の料理を本に載せようか考えている時、それを作ってくれるだろう人のことを空想する。どんな台所で作るのだろう。もしかしたら中華鍋なんか持っていないんじゃないだろうか。

などと考えていると、どうしても自分のひとり暮らしの頃を思い出している。

結婚というのはふたりで暮らすことだから、当然それぞれの持ち物がひとつの家の中に置かれる。そして生活しているとゴミも出るけれど、その持ち物の量がお互いに少しずつ増えてゆく。

ふたりの持ち物が置かれた部屋は、私らしい場所でもなく、夫らしい場所でもない。それは夫婦ふたりが合わさって作り上げた、新しい場所。

8年間の結婚生活で、私たちの場所は荷物もふくらみ、ふたりの暮らしはどんどん煮つまっていった。

私は自分の場所を捜していた。

自分ひとりの場所に飢えていた。

本当に必要なものだけを持って行こうと決めていたので、ひとつひとつ確認し、ぎりぎりまで悩んで置いてきた物もある。なんだかそれは、旅行に行く時にリュックに荷物を詰めてゆく作業に似ていた。

猫は2匹ともおいてきた。

夫と猫を見捨て、私は中華鍋を持って家出をし、新しい暮らしを始めた。29歳の時だった。

新居は「すみれ荘」という古い木造アパート。6畳間に2畳ほどの台所がついている。台所には小さな窓があって、隣のアパートとのすき間にちょっとした緑が見えた。

窓ぎわの皿の上に使いかけの玉ねぎをのせておくと、緑色の芽が出てくる。それをねぎのかわりにしてきざんで、味噌汁に入れた。

筒型の黒い石油ストーブにマッチで火をつけ、部屋の電気を消すと、灯籠《とうろう》のように天井じゅうに影絵が浮かび上がる。真新しい畳の上に寝転んで、いつまでもいつまでもそれを見ていた。

ふとんを敷くと、外の雨どいが枕の近くにくる。ひとりで寝ていると、雨水がピシャピシャといつまでも音を立てて、雨の中で寝ているような感じがする。なのに体は濡れてないし、ふとんの中でほのぼのとあったかい。

私はとても気に入っていた。すっぱりと離婚もして、ようやく自分ひとりの場所を手に

「彼女の焼き豚」

入れたのだ。

そんなある日、いつものように銭湯に行った。夕方の銭湯はおばあちゃんしかいないし、ガランとしていて好きだ。天井近くの窓からはまだ青空も見える。

湯船に浸かっていると、いつものおばあちゃんが孫を連れて入って来た。それを、なんとなく見ていた。そして気がつくと、小学校5年生くらいのその女の子ばかりを見ていた。ちょっと胸がふくらみ始めて、おしりもぷりぷりした肌色の体が、いきいきと風呂場を行ったり来たりしている。

鏡の前で体を拭きながら、自分の裸を見た。

30歳の私の体は、このままどんどん歳をとってゆく。いったい自分はあんなボロアパートに住んで、お金もないし、これからひとりでどうやって生きていくのだろう。このまばあさんになって、皺くちゃになって、いったい誰が看取ってくれるというのだろう。ガラガラの銭湯の脱衣所で、私はあの時ほど「ひとりの場所」を強く感じたことがなかった。

頭の中の出来事。

○月○日

エド・ヴァン・デル・エルスケンの写真展『セーヌ左岸の恋』を見に行く。

受け付けを済ませると、後ろの壁に、雑誌で見かけてからずっと気になっていたモノクロ写真が飾ってある。

窓に映った女の顔。

彼女は暗く湿った古い建物の中にいて、傷だらけの窓からぼんやり冬景色を見ている。その窓に、寒々しい外の景色に同化したような疲れ果てた彼女の顔が映っている。写真のタイトルを見ると、「古びた鏡を見つめるアン」とあった。

窓だったのが、とつぜん鏡に切り替えさせられる。

鏡は、錆びているのかところどころ穴が開いてささくれ立ち、黒い雨の滴が垂れているように見える。鏡の中に映し出された彼女は、暗く淀んだ表情で哀しそうにこちらを見ている。虚像の方にこそ彼女の本質が現われている、という意味では窓でも鏡でもどちらでもいい。

けれど私には窓の向こうに風景が見える。そして、その風景もいっしょになって彼女の気持ちを表わしている。だからやっぱり、私には窓に見える。

「矢印の方向に時計回りにご覧になってください」と受け付け嬢にうながされ、壁の後ろ側に回って次の写真を見ようとするのだが、パネルに書かれた短い文章が目に入ってしまう。

——春、おれはストックホルムからパリに来た。しばらくは、どた靴を引きずってうろうろしてたんだ。（中略）１軒の穴倉クラブで、オレンジの髪で目のまわりを真っ黒にメイクした女に会った。パンツはいて、上のボタンをはずしたグリーンのシャツを着て、黒人女みたいに踊ってたんだ——

黒人たちに囲まれて、腰をくねらしながら裸足で踊っている顔の長い白人女の写真が、何枚か並んでいる。

次は、ベンチに座り放心したように煙草をくわえている同じ女の写真。雨が降っているのかコートと髪が濡れている。

——アンがおれに火を貸してって言ったんだ。おれたちはベンチに座って話した。朝、雨が降りだした――

閉店になって追い出されたアンとおれは、外のベンチで語り合っているうちに朝になったのだろう。雨がしょぼ降る朝の景色を、しらじらとしたその感触を、私はアンの姿を通して味わっていた。けれど写真を見て朝だと感じたのか、文を読んだから朝だと思ったのか、私にはもうわからなくなっている。文もタイトルも読まずに、写真だけを見なければと一瞬思う。

だけどもう手遅れなのだ。会場に流れるバンドネオンの音楽と、暗めに落とした照明の中、小さな部屋のように区切られた壁の周りを、映画のひとコマひとコマを追うようにして、文を読み写真を見るという流れに、もうすっかりはまり込んでしまっていた。

「マウ・マウ」という酒場で、アンと仲間たちがたむろしている。愛人のひとりに子供を産ませ、別れようとして耳を嚙み切られたジャン・ミッシェル。「リズムがおいらを引き裂く」と、即興で唄い上げる三枚目のフレディ。不実な恋人をなじるマリアンヌ。いつも男たちに囲まれているアン。アンに惚れてしまったおれ。

「マウ・マウ」に立ちこめる煙草の煙や、彼らから上がる汗くさい湯気が私のところまで届く。オレンジの髪をしたアンと、窓に映った女のイメージとが少しずつ重なってゆくにつれ、私はアンのことをわかっていった。私はアンを好きになり始めていた。アンひとりのいろんな表情を捉えた写真が何枚も並んでいる。その最後の最後の壁のはしっこのところで、私の温まっていた脳みそは、とつぜん水をかけられた。

――写真に添えられた文章は架空のものであり、実在するいかなる人物とも関係しない――

誰かのいたずらみたいに、小さな文字がそこに貼りつけてあった。エルスケンが撮りだめたパリ時代の日常を、写真集として発表する時に、『セーヌ左岸の恋』という虚構の物語を添えたのだという。私は、創り話にすっかり夢中になっていた。

帰りの電車に乗り込むと、扉のところにばあさんがふたり立っていた。乗って来たのは私ひとりではないのだが、ばあさんらはそこを陣取ったまま動こうとしない。手すりの棒にしっかりとつかまって、おしゃべりに夢中になっている。

「晩のおかずを買っていかなきゃって言うんだけど、聞いたら1銭も持ってないって言うから、だから私は晩のおかずを買ってやったの、納豆とこんなチーズをね」。

手すりに寄りかかっているもうひとりのばあさんは、声を出さずにうなずいている。

「その後シャガールへ行こうっていうんでまた行って、3人で別々のもの注文してさ、タケシは甘党だねコーヒージェリーに甘いのぜんぶ入れて、こうしてかき混ぜて、甘い甘いって言ってぜんぶ食べてね、帰りにアイスあれあんまり甘くなくておいしいんだよね、あれを買ってやってね、どれでも好きなものを買いなって言ってね、私が買ってやったんだけどさ」。

「ここらは温水プールあるのかしら」と、寄りかかっているばあさんがとつぜん言った。「公園のところにあるんじゃあないかしら」とおしゃべりのばあさんはことも無げに答え、次の駅でふたりは降りた。

後ろに立っていた私のところから、聞き役のばあさんの顔がよく見えた。彼女は中吊り広告と、窓の外の景色と、相手のばあさんのことを順番に見ながら、時々うなずいていた。

私は電車に揺られながら、ほんのひと駅の間、ばあさんふたりの関係について、シャガールという喫茶店のシャンデリアやソファー、タケシ君の丸い顔まで思い浮かべながら、ばあさんらの声を聞いていた。

○月○日

昼まで寝て、トイレに起きたついでに台所に寄って、なんとなしにレンジの上にある鍋の蓋を開けてみた。

ゆうべ残しておいた味噌汁の、汁だけが少し残っていた。昨日は、たしか里芋を丸ごと入れた味噌汁だった。それで夢のことをいっぺんに思い出した。

隣で寝ている夫に聞いてみると、ほんとうにレンジの前で立ったまま味噌汁を飲んだそうである。

私は、レンジの前で首を突き出した夫が、お玉にのせた里芋にかじりついているシーンを、明け方の夢でみていた。

「パリ風バーガー」

スペーシャル・トゥー・ミー。

○月○日

小学校3年の時、大好きなスカートがあった。

いろんな種類の茶色の糸が織り込まれたウールの吊りスカートで、色使いの微妙な繰り返しのせいで、離れると縞模様に見える。ちょうどおヘソのあたりから小さなくるみボタンが並び、みっつ目の下のところから、1本だけプリーツがたたまれていた。そのデザインも、温かな肌触りやくるみボタンがチョコレートに似たところもぜんぶがとても好きで、私は毎朝そのスカートをはいて学校に行った。

でも気に入っていたのはその姿かたちのせいだけではない。それは、大橋さんのお母さんが仕立ててくれたからなのだ。

大橋さんは隣のクラスの図書委員だ。目が大きくて勉強ができてお金持ちの大橋さんは、休み時間になると友だちに囲まれて鉄棒の周りにやって来る。私なんか月に一度は床屋に行かされて、いつもワカメちゃんみたいなおかっぱ頭にされていたから、大橋さんのショートカットはあこがれだった。きっと美容院に行って切ってもらっているにちがいない。

大橋さんのお母さんと私の母が道端で立ち話をしている間、私は母の後ろに隠れて、とてもじゃないけど大橋さんと会話なんかできなかった。学校で会っても、恥ずかしくてひと言も口がきけない。

大橋さんが入った後のトイレに、いちどこっそり入ってみたことがある。私は大橋さんと友だちになりたいというよりも、大橋さんになりたいと思っていた。

だから、大橋さんが同じ布で仕立てたジャンパースカートをはいているのを見た時、私はバカで内気なくせに、おそろいのスカートをはいている自分のことをとても自慢に思った。

そんなある日のこと、家で友だちと遊んでいたら、とつぜん友だちが私のスカートをつかんできた。

すごい力で吊りひもを引っぱるものだから私は必死になって2階にかけ上がり、窓の手すりのところによじ登った。追いかけて来た友だちは、泣きながら手すりにしがみついている私のスカートの裾をやっと放し、「だって、おばちゃんに脱がせろって言われたんだもん」とつぶやいた。

私はすごく恥ずかしかった。何度母におこられても、けなされても、へいちゃらでスカートをはき続けられていたというのに。

涙と鼻水をふいた手でなでまわしたスカートは、よく見るとところどころ糸がほつれて毛玉ができ、厚みのあった布地はすっかり薄べったくなって、テカテカと光ってさえいた。くるみボタンも擦り切れて、中の金属がのぞいているのがぶらぶらと心もとなくぶら下がっている。

スカートは私の目の前で、あっという間に魔法の力をなくしてしまった。

映画館にひとりで出かけるたのしみをおぼえたのは、六本木にＷＡＶＥのビルができたばかりの頃だった。

地下にある映画館で、アンドレイ・タルコフスキーの映画を初めて見た。

タルコフスキーの映像は、カラーなのに全体にグレーの薄い膜がかかっているように見える。女の人もその服装も、テーブルクロスの布も、ガラスの壺も、窓に垂れる雨の滴も、すべてが嘘のように美しく見えた。心の中のイメージをそのまま映像にしたような感じ。

それはとてつもなく長い映画で、あまりに美しい画面がめくるめく勢いでのしかかってくるのに耐え切れず、私はストーリーを追いかけるのを途中でやめてしまった。

息をひそめてスクリーンをみつめ、シートに体をうずめていると、目玉と耳だけの人になってしまう。ちょうどいいタイミングで飛び込んでくるバッハの賛美歌が追い打ちをかけ、私は漂う海流に完全にのみこまれてしまっていた。

後半のあるシーンのところで、私は大波にさらわれた。

それはとても激しいシーンだった。芸術家が頭からガソリンをかぶって、焼身自殺をする場面だ。

マッチをすったとたんに映画館が赤く光った。火だるまになった男がスクリーンから飛び出して私の目の前を転げまわり、音楽が早回しになって私の耳をつんざくと、耳の中から女の悲鳴が聞こえて、私は耳をふさいだ。

心臓がのどのところまできて苦しくなり、一瞬、自分がどこにいるのかわからなくなった。

しばらくしてそっと目を開け、あの悲鳴は何だったのだろうと思う。周りを見ると、みんなシートに深く腰掛け、前を向いている。

映画が終わっても、体がわなわなしてすぐには立ち上がれなかった。

スタッフのT子が、『タイタニック』を見てきた。

「それが思っていたよりすごく良くって、泣けて泣けて。高山さんも行った方がいいヨー、きっとー」と、興奮して言っていた。彼女はふだんビデオはよく見るけれど、電車に乗るのが面倒だから映画館も久しく行っていないし、ひとりで映画をみるなんてどこがおもしろいん？　という子だ。そのT子が、ひとりで『タイタニック』を映画館で見て来たのだ。

それから何日かして、他のスタッフの子が『タイタニック』を見て来た。彼女には感じるところがなかったらしく、「私はぜんぜん泣けなかったよ」とはっきり言う。T子はテーブルの隅で、下を向いたままはな唄をうたっていた。

その時に思い出してしまった。タルコフスキーの映画を、私も友人に強く薦めた。しかも友人を連れて、もういちど映画を見に行ったのだ。

友人はとちゅうであくびをした。映画が終わってから、「なんかよくわからなかった」

と申し訳なさそうに言う友人の顔をまともに見れなくて、気詰まりな空気のままふたりで電車に乗った。

私は恥ずかしくて、自分が感動したことさえも消してしまいたいような気持ちだった。


私の体の中には種のようなものがあって、自分ひとりの力では芽を出すことができないでいるけれど、本を読んだり映画を見たり、音楽を聞いたりして感動すると小さな芽が出てくる。

それがたび重なって少しずつ成長してゆき、茎も太くなり、しまいには堂々とした太い木になってくれればいいなと思う。

今なら私はちゃんとわかる。

誰が何と言っても、自分にはかけがえのないものなのだからそれでいい。自分だけにしかわからない特別なことを、ひとつひとつ味わってゆけば、それで充分なのだと、今は強く思える。

オランダ人の友人なんか、ヨーグルトをぶっかけたシリアルを食べる時にさえ言っていた。彼は抑揚をつけて「スペーシャル・トゥー・ミー」と発音しながら歯を出して笑い、どんぶりにスプーンをつきさすのだ。

「ホット・シリアル・ヨーグルト」

ふとんの中。

○月○日

某雑誌の仕事で料理スタジオに行く。

きょうの撮影は器の紹介が主なので、料理は簡単に作れる汁ものとごはんものだけ。里いもの皮をむいていると、スタイリストのTさんがさっそくのぞきに来た。「さぁて、きょうは何が食べれるのかなあ？」。

料理用の撮影スタジオというのは、大きな窓に面したフロアーが広々と部屋のほとんどを占め、その片隅に家庭と同じスタイルの台所がスマートに収まっている。

フロアーのテーブルの上で出来上った料理を撮影するので、ふつうスタイリストさんというのは、料理ができるまでの間クロスのアイロンがけをしたり、器や小物を用意したりするから、たいがいフロアーの方にいて台所には入って来ない。

入って来たとしても、私の料理をのぞいたり、作業している隣で「へぇビーフンってそうやってもどせばいいんだ。私はついゆですぎちゃうんだよね」なんて言ってくれない。

私が作った料理をカメラで写すという作業においては、誰とやっても変わりはないのだが、Tさんと組んで仕事をしていると、料理を作っているのだという気分が強くする。料理というのは誰かのために作るものだけれど、撮影が目的の場合、ともするとその当り前の定義をふっ飛ばしてしまったりする。食べたいと思う人がいてこそ初めて、料理は息をするものだということを、Tさんはとてもだいじにしてくれている。

「うーん、いいにおいだねぇ」なんて言いながら布巾を肩にかけてスタンバイしている彼女は、私の手元をちらっと見て、「高山さんの料理は指の料理だね」と言う。

確かに私は道具をあまり使わない。野菜でもハーブでも手でちぎる方が好きだし、箸をつかむより先に指が動き出し、ひとさし指で肉の焼き具合を調べ、中指を鍋につっこんで味見をしてしまう。

それは、私自身もとくべつには意識していなかった、でもおそらくとても私らしい、つい身体からにじみ出てしまうにおいのような仕草なのだ。

Tさんはそういうのを見逃さない。そんなふうにして、彼女は私の料理の特徴をわしづかみにすると、それに合った器をロッカールームから取り出してくる。

そして、料理人から上がる湯気もろともが盛りつけられた器を、カメラの前のテーブルまで、ニコニコ顔の大股歩きで運んで行ってくれるのだ。

○月○日
映画の試写会。

受け付けで招待状を渡し、会場に入ろうとしたら、後ろから誰かが追いかけて来た。「高山さんでいらっしゃいますか？」と名刺を渡され「もしよろしかったら、あとで感想を聞かせてくださいませんか」と、熱心な目を輝かせながらていねいな早口で言われた。彼女は映画の配給会社の人だろうか。

席を確保してから、まだ少し時間があるのでロビーに出た。

ロビーといっても、椅子がふたつと小さな机が置いてあるだけの廊下のようなところだけれど。

スタンド式の灰皿を近くに寄せて、椅子に腰掛ける。

(感想って言われてもなあ。おもしろかったらいいけど、そうじゃなかったらなんて言おうか)。

ぼんやり考えながら煙を吐き出していると、耳の後ろに補聴器をつけた、補聴器と同じベージュっぽい格好の小柄なじいさんが、ゆっくりした足どりで目の前の小部屋に入って行った。

私は中の様子をじろじろ見た。黒っぽい大きな丸い輪っかのフィルムが何本も置いてあり、中央にでんと居座る大きな機械の向こうで、古い型の扇風機が首を振っている。ひと目見て私にもわかるその小部屋は、『ニュー・シネマ・パラダイス』でもよく登場していた映写室だ。

こういう時は、じいさんに気づかれないように見なければいけない。

私はワザを使いながら（ただぼおっとしているのだという目つきをしながら）さらにつっこんで見ていると、パチッとライターの音がして、多分小さな窓なんだろう、試写室のスクリーンが見渡せるその窓枠に両ひじを乗せて、煙草をふかしているらしいじいさんの肩のところが見えた。

試写室は薄暗くてわからなかったけれど、この廊下といい、映写室といい、なんだかここはかなり古い建物だというのが判明した。そして、このじいさんは昔から何十年も、この小部屋で映写機を回し続けてきたにちがいない。

映画が始まる前にはいつもあんな風にして、一服しながら客席をのぞくのもじいさんの癖なのだ。だってじいさんの体の動きは、この映写室と糸でつながっているみたいになめらかだし、映写機の椅子に腰掛けたベージュ色の姿なんか、完全に部屋の一部になってしまっている。

なんだか私は感動して、吸い殻の火を注意深く消し、試写室にもどった。

○月○日
ひさしぶりに風邪をひいて寝込んだ。

熱のせいか背中や頭が少し痛むので、思い切って起き上がり、棚の上の薬箱を下に降ろす。

湿布薬をベタベタと背中じゅうに貼って、体の形にぽっこりとふくらんだあったかいふとんの中にもぐる。

まる2日寝たきりの私は、風呂にも入らずパジャマも取り替えずに、ずっとふとんの中にいる。目の下までふとんをかぶっていると、巨大なマスクをはめているような感じがする。

少し眠ってうとうとしているとまたどんよりと眠くなり、夢がさらいにきた。

自分が子供で、実家の2階の部屋で風邪をひいて寝ている夢をみた。

向かいの道路で近所の子たちが遊んでいる声がしていた。ああ、さとる君たちまたカン蹴りしてる。

私は何をするのもめんどうくさくて、体がふとんにめり込んでるから、誘いに来ても起き上がれない。でも風邪をひいているんだから、いいんだ。

自分は外に出て遊ばなくても、ごはんを食べなくても、何もしなくていいんだ。

ずっとただただ眠り続けて、いっぱい夢をみているだけでいい。

とてもあたたかい安心に包まれて、自分は自分の感じをひとりでたっぷり味わっていればいい。

懐かしいような、この心地はとてもよく知っている。

その心地をひきずりながら目を覚ましたら、それは今寝ているふとんの中の心地といっしょだった。

ふとんの中のシーツがほんのり湿って肌になじみ、生きてきた分だけの、年代ものの自分のにおいが毛布の衿元にしみついている。

そのにおいに力強く守られて、本も料理も音楽も絵も映画も、もう私はなんにもいらない。そんな、裸いっかんの心地が、じっとりと体じゅうにひろがったまま、もうひと眠りできそうな感じだった。

「ビーフンのもどし方」

押し入れの奥の、かたまり。

○月○日
小さな窓から夕方の光が差し込んで、ふとんや、積み重ねられた荷物なんかが黄色くなっている。

私は天涯孤独で頼る親戚もなく、夫も友人もいない。だから私のことを誰も知らないし、期待もされていない。

「ああ、あんたが高山さんかね。この部屋の物は何でも使っていいからさ。ちょっと狭苦しいけんどもがまんしてちょうだいよ」。

大家のおばさんはさっぱりした気性で、悪い人ではないみたいだし、このすり切れた畳1枚だったら、私の好きなように使ってもいいと言う。

私はここで内職のような仕事を、ただ毎日続けていけばそれでいい。そうすれば、ご飯も毎日食べさせてもらえるし、風呂も借りられるのだから。

古ぼけたその小さな部屋で、ただ毎日をひっそりと淡々と生きてゆきさえすればいいということは、淋しくもないし楽しくもない。けれどなぜだかとても満ち足りていて、いろんなことから解放されたような、つくづくと、じんわりと、温かいため息が出るような、そんな気持ちがしていた……。

目が覚めたらそこは真新しい部屋の寝室だった。カーテンの隙間からまぶしい光が差し込んでいる。ゆうべは、買ったばかりの冷蔵庫の、ブーンという音のせいでなかなか寝つけなかったのを思い出した。私たちは先週このマンションに引っ越してきたばかりなのだ。

ふとんをかぶってじっと目をつぶり、夢の中の感触を思い出そうとした。のど元のあたりに、まだあの幸福感が少し残っている。ばあさんになったらあんな気持ちを味わえるものなんだろうか。

隣で寝ていたはずの夫は、もう自分の部屋に行って荷物の整理でもしているのだろう。遠くから掃除機の音が聞こえてくる。

今まで暮らしていたアパートは狭かったので、撮影の仕事はキッチンスタジオでやっていた。

スタジオに調味料やら材料やらをかついで出掛けて行って料理を作り、残った材料をまたかついで帰って来るという往復は、それだけでとてもくたびれる。だから、それを自宅で出来たらどんなにいいだろうとずっと思っていた。

ふすまを開ければ、光がいっぱいに注ぐひろいリビングとキッチンがある。やるべきことはもう決まっている。ここで料理を作って、発表すること。私はもう逃げられないのだ。

○月○日
「女の仕事」というテーマで、某雑誌のインタビューを受ける。

料理の仕事をするようになるまでのいきさつをと質問されるたびに、いつも私は少し得意気に答えることになる。「昔、はた織りやってたんです私。旅行に行くようになったのも、織物を見たかったからで。でも元から食いしん坊だったから、現地の料理にもつい興味がいってしまって」。「はた織りはやめました。シェフ業を始めてからもしばらくは続けてたんですが、ある日決心して織り機をたたんで、押し入れにつっこんでしまいました」。

はた織りをしていた頃は、自分の中にいる暴れん坊と、いつも喧嘩しているような感じだった。

私の織物は、オブジェとまではいかないが、壁に飾ることのできる自分らしい布、オリジナルな布を目指していた。どんな布を織りたいかと考える時、私の中にいるとても強情で怖いものなしの自分が出てくる。しかし実際に織る作業というのは、縦糸に横糸を引っかけてゆくという単純明快な繰り返しなわけで、織り機に縦糸を張ったら、あとは延々と織り進んでゆくのみ。

出来上がった布を見てはイライラし、いつも私は思うのだ。(こんなんじゃない。こんなぼんやりした赤じゃなくってもっとどろどろした赤が欲しかったのに。もっとざらっとしたテクスチャーじゃないとちがうのに)。

私は自分のねちっこい想いを糸の隙間に埋め込もうと、やっきになって織り進んだ。でもけっきょく、それを実現する技も持っていなかったし、そういう想いを最後まで貫き通せるほど、アーティストではなかったのだ。思い通りにいかない布をほったらかし、深夜のファミレスで朝までコーヒーをおかわりし、煙草をふかしたって、自分の暴れん坊は治まらない。

私が料理をすると、人は「おいしい」と喜んでくれた。私は自分の作る料理のことを好きだったし、食べながらみんながにこにこしてくれるのが、とてもうれしかった。私の料理をほめてくれる人が増え、こうしてお金も稼げるようになった。

私は自分の気持ちをせいせいと発散できる仕事をつかんだ。だからもう織物作家になる必要がない。それで、織り機は友人にあげることにした。

押し入れにつっこんでおいた織り機を引っぱり出したら、糸や染料、染料を計るための天秤ばかり、染めた糸のサンプル表がずるずると出てきた。

いちばん奥のどんづまりに、道具箱の蓋が開いたままになっていて、中のものが散らばっていた。体を縮めて押し入れに入り、細々《こまごま》したものをかき集めた。木を削って自分で作った糸巻きや、銅板を切って作った先っぽの曲がった針、縦糸の本数を書いたメモ用紙や小さなはさみなど。

くたびれたり、ふがいなかったり、二度と味わいたくないと思ったり、どうでもいいやと思ったりした私の気持ちの残骸が、押し入れの奥の闇の中に、ほこりにまみれて溜まっていた。

私は織物作家を押し入れにつっこんだまま、すっかり転身したつもりになっていた。織り機をぞうきんで拭きながら、こんどこそ、もう二度とこの織り機を使うことはないのだと思った。

○月○日
友人が本を出した。『バイブを買いに』夏石鈴子著。

彼女はもともと編集者で、本を出版する方の人だった。

初めて会った日、彼女はスーパーのパック入りの魚のことを怒っていた。誰もが心の隅っこで思っているようなことでも、彼女はわざわざ言葉にして、「私はこう思うの……」と発表した。

次に会った時も彼女は元気そうで、あいかわらず自分の意見をはっきり言った。「私、宇野千代さんがとても好きなの」。

ちょっとおしゃべりだけど、私はおねえさんなので思う。とても正直な娘なのだと。

彼女が小説を書く人になるなんて、本人が驚いているくらいだから私もびっくりしたけれど、読みながら、ああ、そうだったんだと思った。

彼女はいつの間につかまえたのだろう。自分の中にある言葉の海を体から出してやる方法を。
彼女の言葉からは、湿ぼったい温かい湯気が幾重にも出ていて、もうちっともうるさくなんかない。静かで、切なく、哀しくて、ページの上にたゆたう海の中で、彼女はゆっくり平泳ぎしていた。

「そば米とソーセージのスープ」

やじるしの向こう。

○月○日
まだ私たちが恋人同士だった頃、夫の膝の上にちょこんと座ってお姫さまの絵を落書きしていた女の子のことを、私は懐かしく思い出す。

女の子と夫は、それまで離ればなれに暮らしていて永いこと会わなかった。彼女が小学校4年生になって、ようやく再会することができ、ちょうど同じ頃に、私も今の夫に出会った。

女の子が中学校に入る前、小さな洋品店にセーラー服を作りに行ったことがある。待ち合わせた路地に夫とふたりで立っていると、セーターの袖口で鼻を拭きながら、サンダルばきの彼女が走って来た。

「こたつで寝てた」と言って笑う、私の肩より小さな体から、母親とふたりきりの暮らしのにおいを、あの時、私は初めて嗅いだのだと思う。

高校に入ってアルバイトを始めた彼女は、私たちにも知らせずに家出をしていた。

6畳ひと間のおんぼろアパートを借りて、自分で家賃を払い、そこから学校に通っているという。風呂に入りに実家に行くけれど、あそこには自分の部屋がないからここに住んでいるんだと、案外きれいにかたづいた部屋の真ん中に立って、彼女は楽しそうにそう言った。

勉強机とカセットデッキとちょっとした化粧品が並ぶ鏡台はわかる。けど軒下の洗濯物だとか、鍋やフライパンがぶら下がって、流しの下からネギが突き出した台所が、いったい高校1年生の部屋の景色なのだろうか。

彼女が来るのを目覚まし代わりに、やっと起きてきた私のために、お茶を淹れてくれたりする女の子は、今年で20歳になった。私はふとんを上げ、わが家の寝室がアトリエになって、週に2回の夫のデッサン教室が始まる。

映画が好きだから映画を作る人になりたい。そのためにはどうしたら良いのか？　専門学校に行けば良いのか？　思い切って留学か？　それとも現場に入ってどんな仕事でもいいから体当りすれば良いのだろうか。自分でいろいろ調べ、考えた末に彼女が決めたのは、美大に進むことだった。学費は、ローンを組んで3等分し、両親と自分で返すことになっている。

すでに2年間浪人生活を続けた彼女は、３度めの受験を目の前にしてもういちど考えてみた。お金を借りてまで、大学に行きたいのはどうしてなんだろうと。

「大学に行っている間、自分は本当に映画監督になりたいのかどうなのか、せいせいと迷えるから、だから大学に入りたいんだ」と、近ごろ彼女がそう言った。

さて、今年の受験の結果はどうなることでしょう。

でもね、と私は思う。

どこでどう転んだとしても、彼女のやじるしはきっとだいじょうぶ。

前向きとか上昇志向とかプラス思考とか、そんな言葉を私は信じちゃいない。彼女は動物のようにわかっているはずだから。人間はみんな、幸せになるために生まれてきたって。

○月○日
歳が大急ぎで暮れてゆこうとしているあわただしい夜、フィッシュマンズのライブに行った。

買い物帰りの人々でごった返す街をぬけ、電車を乗り継いで赤坂ブリッツに着くと、もう入場が始まっている。

そこらにいる人たち全員が若い男女で、みんなほっぺたをツヤツヤ紅潮させて賑やかな様子。彼らの間をぬうようにして2階に上がると、なんだか落ち着いた人たちがぽつりぽつりと座っていて、大人専用席みたいで少し安心する。

下をのぞくと、たいへんなことになっていた。リュックを背負った若者たちが、通勤電車みたいに体を寄せ合いながら全員立っている。それなのに前を向いたり後ろを向いたり、手を振り合ったり飛び跳ねたり、それぞれが勝手気ままにおしゃべりしているのだろう、いろんな声がひとつになって、彼らのたのしみな気持ちも渦になって、ゴワァーンと私のいるところに昇ってくる。

一番前の真ん中だから特等席なのだけれど、座ってみると目の前の鉄柵が視界に入ってきて、どうも見通しが悪い。身を乗り出して目を凝らし、鉄柵の格子のひとマスからのぞき見るようにしないとステージが見えないのだ。

ライブが始まって、いっ心に身を乗り出していてもステージはやっぱり遠かった。しかたがないので、ボーカルの彼の表情を見ようとするのはあきらめ、背もたれにすっかり寄りかかって目をつぶった。

聞きなれたそのメロディーを、何度も何度も聞いていた季節が蘇る。

自転車に乗って歯医者に通っていた道、映画を見た帰りにビール片手に歩いた夜の道。

桜が散って夏がきて、ぼんやりと腰かけた公園のベンチ。

たった今年1年のことなのに、もう懐かしいと感じてしまうその景色の濃さ。そしてその濃さにぴったりと寄りそった気持ち。

ゆっくりと目を開けたら、目の前に拡がっていたもの。

それはまるで、巨大テレビのモニターだった。そこには後ろ頭が1000個あまり、みんなが同じ方を見て、同じ波に乗って揺れている映像が映っていた。

あのひとつひとつの頭の中には、みんな別々の思い出が入っていて、その歌を初めて聴いた時のことや、彼女と別れた日のことや、暑かった夏の日の眠くなるような真っ昼間のことや、たくさんの記憶が詰まった脳みそが、ステージの真ん中で唄っているたったひとりをみつめていて、うんうん、うんうん、わかるわかるその感じ、そうそうそんな感じなんだよって、体を揺すぶっている。

○月○日

マイケル・ウィンターボトム監督の『アイウォント ユー』を見た。

帰りの地下鉄の中で、私はぼんやりしていた。彼の映画はいつも不思議だ。台詞が少なくストーリーの説明もないのに、いきなり胸ぐらをつかまれて、映画の中に引きずり込まれてしまう。それは謎な分だけ理解しようとする力が私の中で働くからだろうか。しかもやっと、登場人物ひとりひとりの肌触りや、情景の温度や、湿り具合にいたるまで感じ取り、どっぷりとあごの下まで映画に浸かりきっているまさにその時に、とつぜんドドドーといろんなことが起こり、そのままストンと映画が終わってしまう。だからいつも霧のような余韻に包まれたまま、電車に乗るはめになる。


どこかの駅に止まったきり、しばらく電車が発車しないことに気がついたのは、前に立っている人や、その隣の人や、そのうち車内じゅうの人たちが同じ方を見ていたからだ。ウォークマンをはずしたその途端、女の人の叫び声が聞こえてきた。

「降りてください！　はさまれてるんです！　みんな降りてください！」。

反射的に自分が立ち上がるのと同時に、全員が動き出していた。

わけもわからずに、ただその女の人の言うことだけを聞いて、たくさんの人々が皆同じ何かを感じながら、大急ぎでひとつの出口に向かっていた。隣の車両からもぞろぞろと人が降りているのが見える。

とその時、線路と電車の隙間から、ひとりのじいさんが引っぱり上げられる姿が見えた。

「緑のハーブティー」

息継ぎの日。

○月○日
このところ仕事を休んでいたスタッフのT子が、風邪をこじらせて入院した。昼間はわりと元気なのに、夜になると熱が上がって変な咳が出る。「ちゃんと医者に行って薬も飲んでるのに、それが1週間も続いてちっともよくならないから変だなと思って。ここの病院で診てもらったら、肺にりっぱな影があるって言うんですよ。肺炎なんて人ごとだと思ってたからびっくりしたけど、でもだいじょうぶ。それより皆に迷惑かけちゃって、すんませんー」。

よっぽど弱っているんじゃないかと思って見舞いに来てみたら、Tシャツにダボパン姿の彼女は、ベッドの上にあぐらをかいてマンガを読んでいた。

茶色に染めたパーマ頭にヘアバンド、照れるとほっぺたをピンクにして上向き加減に笑うその感じは、いつも店でいっしょに働いている時と変わらない。むき出した白い腕に点滴をぶら下げているところ以外は、ちっとも病気っぽいところがなかったから、なんだか彼女のアパートに遊びに来ているような気さえしてくる。うんと安心して、私は仕事に出かけて行った。

2度目に見舞いに行った時、T子はパジャマの腕だけ出してふとんをかぶり、マンガを読んでいた。

白いベッドの枕の上で三つ編みにした髪型というのは、なんて病人にぴったりなんだろう。病室の中にある空気は動いていない。古い空気が病室内におさまって、なじんでいる感じ。そんな病室の空気に、T子は似合ってきていた。

外では、いろいろな空気がぶつかり合ったり混ざったりしていることを、ここにいたら忘れてしまう。忘れるようにできているのかもしれないけれど。

そんなことを思いながら、何か食べたいものがあったら何でも買ってきてやるよと聞いてみた。

「どうせお腹がすかないから何も欲しくない」と答えるのっぺりした白い顔。

「退院したら、ちょっと田舎に帰って来ようと思って」と、ぼんやり笑う彼女のほっぺたがこけて見えたのは、髪型のせいだけだろうか。

T子はあの病室で、どんな日々を過ごしているのだろう。夜はちゃんと寝ているのだろうか。マンガを読んでいない時は、天井をみつめて何を考えているのだろう。子供っぽく見えるけれど、あの子も今年で30歳になったんだっけなんて思っていたら、翌日、私までふとんから起きられなくなってしまった。

ゆうべ、ばななさんの『アムリタ』を読んだせいもある。

風邪をひいたとか、どこかが痛いとかいうのではない。

ただ私は、いつまでも起き上がらずに、ぼんやりした頭のままでうつらうつら考えたり、夢をみたりしていたかった。

うんと若い頃、ぼうこう炎をこじらせて2週間も微熱が下がらなかったことがある。今思えばたいしたことではないとわかるけれど、あの頃はひとり暮らしだったから、ほんとうに心細かった。時々やってくる下っ腹の痛みは、親元から離れて暮らしているという、ほんのひとかけらの自立心を、コツン、コツンと砕いていった。

強い薬のせいだと思うが、ある日アルバイト先で吐いてしまった。トイレの便器をかかえたまま、せきを切ったように涙が噴き出してきて、もう私はだめだーと思った。好きな男の人ともうまくいかないし、学校だって中途半端。あんなに気に入っていたアルバイトのケーキ作りも飽きてきて、それでも毎日がんばって働いているのに銭湯に行けないくらい貧乏で。

自分は東京にいたって、なんにもこれ以上良くなんかならないに決まっている。

そう思ったら、東京から逃げるしか考えつかなかった。

私はアルバイトを辞めて、ふとんを敷いた兄の車で、その日のうちに田舎に帰って来てしまった。

父も母も、なんだかやけに優しくて、お茶を淹れてくれたり、果物をむいてくれたり、そんな、もう20年も前のことを思い出しながら、またふとんにもぐった。

目が覚めたら外は暗くなっていた。

豆腐屋のラッパの音が、向こうの方からゆっくり聞こえてきて、プーーと近くで鳴りながらまた遠くに消えてゆく。

——人間が、今ここにあるこのしっかりした塊が、じつはぐにゃぐにゃに柔らかく、ちょっと何かが刺さったり、ぶつかったりしただけで簡単に壊れてしまう代物だというのを実感したのは、最近のことだった。――

『アムリタ　上巻』　吉本ばなな著

本の形をした『アムリタ』は、その中身が放つにおいを、密かにふりまいていた。本棚の前に立って、私は求めていたので迷わずに手に取ることができた。立ち止まって、自分の体を確かめておかないと、そろそろ持ちこたえられなくなる、と思っていたから。

寝室のふすまの和紙は、薄ぼんやりした黄色の地に玉子の白身が散らばったような模様をしている。

こんなふうにふとんをかぶって、ストーブの薄灯りの中でみつめていると、かき玉汁の白身のひとつひとつが勝手に動き出し、宙に浮き上がってきて困るので、私はまた目をつぶった。

ふとんから出た顔がポカポカと暖かくて、小春日和のネパールで見た、ある景色のことを思い出した。

その大きな川はほとんど水がないのに、ネパール人たちはいろんなゴミを投げ捨てていた。洗剤のプラスチックボトルや、壊れたカゴ。自転車の車輪やら、着古した赤や黄色の衣服。いろんな色のゴミが、昼間の光をいっぱいに浴びて、水の中をゆっくり流れたり引っかかったりしている。

その脇に、灰色の大きなどっしりしたものが固まっているのが見えた。

川っぷちに沿って近くまで行ってみると、それは泥にまみれた大きな豚だった。

6頭もの豚が体を寄せ合ってじっと動かない。陽に当たった腹のところだけをゆっくりと波打たせ、泥の川で、豚たちは死んだようにうっとりと昼寝をしていた。

○月○日
明日退院だというT子の様子を見に行ったら、「熱々のラーメンが食べたい」といきなり言う。

「ここのご飯、言っちゃ悪いけどあんまりおいしくないんだよねっ」と、手の平で口をおおいながら小声の早口で話すようすが、手首なんかかなり痩せているくせに、あまりにもいつものT子なので笑ってしまった。

隣のベッドのばあさんがごほっと咳込んで、寝返りを打つのを背中で感じながら、私は立ち上がり病室を出た。

「豆腐飯」

空気がめくれる。

○月○日
もう何年も前、終電車に乗り遅れたり、酔って歩いて帰りたい時、線路下のこの道をよく通っていた。

まっすぐに、ひたすらまっすぐに歩いていれば、いつの間にか駅を越えて家に帰ることができる道。車が通らないから音がしないし、人も歩いていないこの道の真夜中は、なんでだろう偽物《にせもの》のような気がして、ひとりでもちっとも怖くなかった。

地面の下の抜け道のような、それも、自分だけしか知らない秘密のトンネルのような。

ここだけ時間の流れが外と違う、ここだけ温度も湿度もない、そんな場所だ。

コンクリートの角柱と高い天井に囲まれて、目の前まっすぐに続いているなだらかな坂道。点々とつながっている蛍光灯の明りがみどりっぽいから、真夜中の闇に浮かぶ巨大な水槽か、あるいは倉庫の中みたい。

今夜もこの道には私ひとりだけ。目を凝らしてみても人影が見えないから、自転車のスピードを上げて、酔いにまかせて突っ走ってみる。

はな唄を歌いながら両足を浮かせ、そのまま坂道をぐんぐん下ってゆく。

死んだ友人がこの道を教えてくれたのは、寒い夜だった。雨が降るたびに暖かくなって、どんどん春が近づいてくるのがうれしい。そんな季節にとつぜんやってくる木枯らしの、そんな月夜の真夜中だ。

大通りから角を曲がってこの道に入ったら、風がピタリと止んで静かになった。

「えー、ここ知らなかったのか？」。

黒いコートを来た友人は、得意気にどんどん先を歩いてゆく。

時々振り返っては私の方を眺め、にっこり笑う黒ぶちの眼鏡。私の酔っぱらった頭の中の視界は、魚眼レンズのように拡がって、どこまで歩いてもいつまでたっても同じ景色に囲まれたまま。この永遠のみどりいろの中を、２匹の魚のように、ずっとずっと歩いていたいと思った。

彼に言われるまま右に曲がって外に出たら、そこは小さな公園だった。

ブランコの隣に小さな砂場があって、１本の桜の木が細い枝を夜空にひろげている。まだ数えるほどしか咲いていない薄いピンクの花びらが、星のようで、吹きすさぶ風の中、私たちはつっ立ってそれを見上げていた……。

（あ、ころぶぞ）と、思った。

ゆっくりとスローモーションで自転車ごと倒れてゆく間、（ころぶのもまあいっか）、そして（もうどうなってもいいや）と思った。

軽くころぶはずだった。それが、自転車の下敷きになるくらいの無惨なころび方をして、左の足首を強く打った。

外に出ると雨が降っていた。私は片足だけでペダルをこぎながら、それでもはな唄の続きをやめなかった。

それは友人が残したなつかしい曲で、マーチのような曲なのだ。

胸を張って歩かなければならないような、運動会でよくかかるマーチみたいに勇ましくない。ケガをした片足をかばいながら、生温かい雨の中を少しずつ進んでゆく感じがあまりにもその曲にぴったりで、私は何度も繰り返して唄った。

車が行き交う大通りの歩道を、雨が顔に当たるのもかまわず、前方だけをみつめながらハンドルを握りしめて自転車をこぐ。

路地に入って、誰も歩いていないまっすぐな道をゆっくりゆっくりこいでいたら、ウォークマンもしていないというのに、彼のアルトサックスのフレーズが頭の中で伴奏を始めた。強い音色が響きわたる合間に、彼の息つぎの音まで、リアルに聞こえていた。

接骨医の診察室に、ガイコツの人体模型がぶら下がっているのにはわけがあった。レントゲン写真ができるまでの間、白衣を着たスポーツマンのような先生が、図鑑を取り出してきてキビキビと説明を始める。

「これがくるぶしです。くるぶしの骨というのは独立してあるのではなく、膝からまっすぐに伸びた骨です」。

椅子に座ったままガイコツにすべり寄って骨を指差す。「ほら、このように」。

また図鑑にもどり、「このくるぶしをじん帯という繊維質の組織が守っているのです。じん帯というのは、ゴムのように伸び縮みするものではないのに、あなたの場合このように、(自分の足をぐれてみせて) 無理な運動をして伸ばしすぎてしまった」。

私は、子供の頃から大きな病気もたいした怪我もせずに大きくなったから、自分の足のレントゲン写真を見たのは生まれて初めてだった。明るい電気の下の青々しい写真に、自分の骨が映っているのかと思うと、まともに見ることができない。

「うん、骨はきれいですね」、と先生は言う。骨にひびが入っていないのはホッとしたけれど、だけど体の中が、こんなふうに、白い骨がちゃんとつながって、私の知らないところで動いていて、大丈夫なんだろうか。

空気が乾燥してるからかかとがガサガサしてきたわとか、すね毛が目立つから脱色しなくちゃとか、そんな風にしか自分の体のことを見てこなかったけれど、私の体はガイコツでできていて、周りに赤い肉があって、血が流れているのだ。


それは、親戚の家のある部屋のシーン。ふた間続きの手前の、台所に近い方の部屋で、おじさんやおばさんがごはんを食べている。

私たち子供はその周りで遊んでいるのだが、ふざけて走りまわったりしているうちに、ふっと奥の方の部屋に行きそうになってドキッとする。

その部屋は、みどりいろの電気がしんみり灯っていて、冷たい煙のようなものが漂っている。

なぜか、そっちに行ってはいけないと感じる、その異質な空気感。

ああ、そうだった。あの部屋のいちばん奥には、人が入れるくらいの白い布をかけた大きな箱が横たわっていた。

○月○日

干したふとんを入れて、洗濯ものをたたんでいたら、急に眠たくなった。

適当にふとんを敷き、しわくちゃのシーツの中にずるずるともぐりこむ。

どっぷりと眠いのだけれど、ふっと、ひなたくさい毛布の襟が鼻に当たっているのがわかる。昼寝している夢を見ているのだろうか。どっちを枕にして寝ているのかも、よくわからない。

誰かがふとんにもぐってくる気配があった。それで、ゆっくり目を開けてみると、隣には誰もいない。そんなことが2回あった。

晩ご飯の時夫に聞いてみたら、「どうしとるかの?思うたことが2回あったけど、ふすまは開けてみんかった」と、言われた。

「サクラ・ムース」

スイッチ。

○月○日

空を飛ぶ夢って、何か意味があるのだろうか。

タクシーの中でゆっくり考えようと思っていたのに、運転手のおじさんがたて続けに話しかけてくるものだから、それどころではなくなってしまった。

そもそも私が「30分で新宿に着かないと遅刻してしまうんです」なんて言ったから悪いのだけれど。

お客さんは何してる人?から始まって、この仕事やってるといろんな人に会えておもしろいんだよと話は弾み、酔っぱらい客のパターンについて、それも女のお客さんの方がいろんなのがいるという話。「とつぜん泣き出す娘もいるからねェー、あと眠っちゃって起きない娘。部屋までかついでったこともありますからワタシ。携帯の番号教えろっていうお客さんもいるんですよハハハ」なんて。

車の走りの方も快調で、本当に30分ちょうどで新宿に着いた。それに、ちょっと笑ったせいで気分がほぐれたような気がする。

初めての料理教室で、私はけっこう緊張していた。うまい具合にできるだろうかと何度もシミュレーションなんかして、ゆうべはなかなか寝つけなくって、だからあんな夢をみたのだろうか。


やっと夢の余韻を味わえたのは、その夜の風呂の中だった。

尊敬している絵描きの誰かの家に、私は遊びに行った。敷地の中に入ると、頑丈な門がバタンと閉じて、はりめぐらされた塀がぐんぐん高く伸び、私たちは（そのとたん、私はひとりではなく、なぜか店のスタッフのJ君といっしょにいる）閉じ込められた。敷地内には畑があったり工場があったり、学校のようなところもあって、大勢が暮らしているのだが、あちこちに案内されているうちに、むき出しにされた悪意や嫉妬のようなものを、住んでいるすべての人々が内在させていることを、私たちは感じとってしまう。空き地に吊されたスルメのような肉から、殺人の現場を透視してしまったりして。

気がつくと全員に追いかけ回されるはめになっていて、私とJ君の冒険が始まる。なんて、なんだかSFチックだけれど、場面は東京武蔵野郊外のいたって見慣れた風景の中。

そして危機一髪のところで、私はJ君と手をつなぎ、フワッと飛んだのだ。なんだ飛べるじゃないっていう軽い感じで。電線が邪魔で、背中に触る感じまでリアルに思い出した。

翌日、倉庫でお酒の在庫整理をしていたJ君に向かって、なんとなしに夢の話をしてみた。

「へえー、ほんとにー。高山さんてわりと具体的な夢みますよねえ、なんかー」とか言いながら正面きって私を見る彼は、夢の中のJ君よりも少し現実的な顔をして笑った。

○月○日
まかないの時、話し始めたのはJ君の方だった。

「オレ、高山さんの夢の話聞いてて思ったんだけど、けっこうそういう感じで頭いたかったんだと思う」。

彼が、ここのところ頭痛に悩まされているのはなんとなく知っていた。

仕事に来ると、「おはようございまーす」と厨房をのぞきこむようにして見せるいつもの無邪気な顔の、目のはじっこが最近ピリッとしていたし、休憩時間にこめかみを押さえているのを、偶然みつけたこともあったから。

でも現に夢をみた日、私は彼の頭痛のことなど忘れていたと思う。

「それは神経的なこと？」と聞いてみた。

せきを切ったように始めた彼の話はとても抽象的で、要約するとこんな感じだったと思う。

周りの世の中が自分の理想と離れていって、どんどん変な感じに周りのみんなもなっていく。「でもそれって、自分は悪くないのに周りのせいで頭いたくなるんだっていう風に、どんどんなってっちゃうじゃない。オレゆうべ絵を描いてたら、すごく調子よくて楽しくて、オレはひとりで絵を描いて、線ひいてりゃあいいんだと思ったら、なんかもういろんなことがどうでもよくなっちゃった。検査して頭の中見られたって、けっきょく誰にも何もわからないと思うし」。

彼の声を聞きながら、彼の形を感じながら、彼にだけ見えている彼の世の中のことを思ってみた。

それは、もしかしたら私が夢の中で感じ取った、あの閉鎖された敷地に漂っていた空気とシンクロするのかもしれない。

私だって夢でみるくらいなのだから、どこか体の奥にひっかかっている。この世の中には、確かにそういうにおいがツンとある。こりゃあ頭が痛くなるはずだと思い直して、私はご飯をかっこんだ。

○月○日
もう充分寝ているような気分で、うとうとと怠けているような気持ちで、昼過ぎまで寝る。

カーテンを開けると、快晴の青空。ふとんを干したり、CDをかけたり洗濯をしたり、CDを消して掃除機をかけたりしながら、あれもやらなきゃこれもやらなけりゃと、つい先のことばかり考えて、ちっとも落ち着かない。

顔を洗って乳液をつける時、おおざっぱに顔をこすっている自分って、なんてせっかちなんだろうと鏡を見ながらそう思って、豚肉の塊《かたまり》に味噌をなすりつけてるんじゃないんだからと、もうこれでここまでで、ここからは急ぐのをやめることにした。

ベランダのふとんをひきずり下ろして、毛布だけ羽織り、枕もとに本を置く。

自閉症の少年の話はその本で読んだのだ。パラパラとページをめくって、その箇所を捜してみる。

自閉症の子供というのは、時間がいやなんだそうだ。流れていっていつまでも止まらないから。どこまで行っても終わりがないということが不安で、だから自分の意志と関係のないところで、自分の体が成長したり、知らない間に内臓が動いていたりすることを考えると怖い。

その少年は、排便の時にうんこが止まらなくなって、そのまま内臓もつながって出てきてしまうのではないかという恐怖にとりつかれた。とりあえず安心できるようにと彼が実行したのは、自分が機械になることだった。どこからか豆電球を持ってきて体に取りつけ、うんこがしたくなったら「ゴー」とサインを出してスイッチを入れる。終わる時には「ストップ」と言ってスイッチを切る。

毛布にもぐりこむと、グレーの日影ができた。

(いったい、世の中に確かなことなどあるのだろうか)と、思う。

わかるとか、治るとか、コントロールとか、バランスとか……と、そのへんまで考えたところで、まぶたの上にぼたぼたと、暖かい眠りの粉が降ってきた。

「眠れない夜のカクテル」

夜の想い。

○月○日
部屋じゅうの電気を消してビデオを見ていた。

画面が青くなると、部屋の中も青くなる。赤くなると、私の頭の中にも赤が入ってくる。

両方の手でマイクを握り、歌い上げるボーカルの喉のところに光る汗、髪から落ちる汗のしたたりを見ていた。

ウラ声のような、泣き声のような彼の声は不思議だ。その声で、いつだって彼はひとりぼっちを歌っていて、それは悪いことでも良いことでもどちらでもない、当り前のことだからいいのだと、そんなことばかり歌っている。

次の曲のイントロも、歌い始める時の表情も、声がふるえるのも、何度も見ているビデオだから目が覚えている。

なのに今夜はなんでだろう。部屋の中がどんどん濃くなって、椅子に座ったまま、体が重たくって動けない。ワインだってまだ、肩の下ぐらいまでしか飲んでないっていうのに。

ステージの上で足踏みをする裸足のスニーカー。半ズボンから伸びたむこうズネが、横から見ると少し曲がっているのを見ていた。音楽が回って、巻き込まれてゆく彼の体の波を見ていた。

気がつくと、頬づえをついている方の手がこぶしになって汗ばんでいる。

閉め切った夜の部屋にこもって出てゆかないのは、たったのひと言。

彼は、もう「いない」。

音を聞いて、声を聞いて、ちびた鉛筆ほどの姿がステージで動いているのをライブで見ていいなと思い、ウォークマンでもさんざん聞いた。こんどライブに行ったら、立ち見でもいいから前の方で見たいなと、楽しみにしていたその体がもうなくなっちゃった。

台所に行って電気をつけ、水を飲んだ。

ラップをかけた晩ご飯の残りものが、蛍光灯の灯りの下でぼんやりと光っている。

いいのだ、と思った。

私はほんとうはわかっている。7つも年下の弟みたいなひとりの人が、仲間たちとやりたかったことは、私がやりたいことと同じにおいがしていた。だから、すぐに好きになったのだ。
彼の体の中に宿っていたものは、生きていた時からすでに体からたくさんはみ出して、CDになりビデオになっている。
それを、彼がしようとしていたことをそのままもらうことにして、私の体の中に入れてしまえば、それでいいのだ。

窓を開けたら、スーッと冷たい風が入ってきた。

〇月〇日
たまっていた洗濯ものをすっかり干し終わって、ベランダから庭のビニールみたいに光っている柿の葉っぱを眺めていた。
惜しみなく、陽ざしがあんなにまっすぐに当たって、わさわさと、いったいいつの間にこんなに緑だらけの木になったのだろう。
越して来たばかりの頃には、柿の実だけが枝にぶら下がって、葉っぱなど1枚もなかったのに。夕方になると鳥たちが集まって来て、ピーチク、チーチク騒ぎながら朱色の実をついていたのに。そういえば、あの鳥たちはどこに行ってしまったんだろう……なんてぼんやり考えていたら、電話が鳴った。

急いで部屋に入って受話器を取ると、H子からだった。

今日の仕事を休ませてくれという電話のような、直感的にそんな気がしたので、こころなしか構えて聞いていると、彼女のその鼻声は、どうやら風邪をひいてぐずぐずしているのではないらしい。ぐずぐずと煮崩れて正体をなくし、どろどろのスープみたいになったH子が、電話の向こうにいた。

「わたし、店をやめないとならないんです。すごく店のことが好きで、料理もおいしくて、みんなのこともいいなって思って、ずっといっしょに働きたいと、すごく思ってたのに、でもなんだか、もうだめなんです。この頃ずっとだめで、わたしがおかしくなってて、働いてても、前みたいに楽しくなくなって、味もわからなくなっちゃって、仕事していても、自分がどこにいるのか、ほんとうにわからないんです。このままだと、自分もだめになるし、みんなにも迷惑をかけるから、だからやめないとだめなんです」。

水の中でしゃべっているような声だった。海の底の様子を、しゃくり上げながら伝えるH子の声と、ひんぱんに吸う息の音を聞いていた。ウエットスーツに酸素ボンベの女の子の声とそっくり。携帯電話のせいだろうか。

「ゆうべ家に帰ってからも、いろいろ考えてたら眠れなくなっちゃって。ずっと眠れなくて、それに今、彼氏ともあんまりうまくいってなくて、わたしがこんなだから悪いんだけど、ぜんぶわたしのせいなんだけど」。

夜をひきずったまま、どうすることもできないでいるH子の部屋は、カーテンが閉まっているのではないか。もう、昼もとっくに過ぎたまぶしい窓の外で、風にゆれる白いシーツやパンツや靴下を見ながらそう思った。

—（前略）静まり返った午前3時
この街の中は何がある？
誰もが小さないい夢　見ようとして生きてるさ
誰もが調子のいい夢　見て過ごしているよ
I Walk……
Hey Baby　調子はどうだい？

動き出してるこの空　走り出してる白い犬
動き出してるこの空　走り出した白い犬
明日は何があるのかね　あなたは誰に会うのかね
明日は何があるのかね　あなたはどこにいるの？

Hey Baby　調子はどうだい
Hey Baby　いいことあるかい？

ずっとまってるぜ―
（フィッシュマンズ『夜の想い』より）

それからしばらくして、H子はほんとうに店を辞めてしまった。夏になる前に、ひとりでアメリカ横断に出かけるのだと言う。
「なんでアメリカなの？」と聞いてみた。
「どこでもいいんですけどね、ただ、旅行しているといろんな人に会うでしょう。そういう時に自分がどうするかなって思って。自分はこういう者ですってどんな風に言うのかなって。今は忘れちゃってるけど、自分がほんとはどうだったのか、もういっぺんたどってみようかなと思って。へへへ」。

「残り物のハンバーグサンド」

からだの夢。

○月○日

座ぶとんをはがされて目が覚めた。

はりが抜かれると、体はいっぺんにスーッと軽くなった。

治療院を出て、ふらふらと階段を降りる時、下の階の居酒屋からホッケを焼いているにおいがした。外は、もうすっかり夕方になっている。

駅の方からばらばらばらと人が歩いて来て、きょうもまたいち日が終わろうとしている商店街の、落ち着いた光の中に散ってゆく。家路を急ぐ彼らの背中を追い越しながら、ゆっくりと自転車をこいだ。

角を曲がると長い坂道だった。小さな女の子の自転車が私を追いぬかして、スカートをひるがえしながらぐんぐん登ってゆく。陽に焼けた後みたいにぐったりと力が抜けて、頬に当たる風が涼しい。

はりの治療は前にも何度か受けたことがある。でも、あんな夢をみたのは初めてだった。

考えたり思ったたり、悩んだりすることばかりがほんとうの自分なのだと思っていた。私の体は、そういう大事なものが入るための、ただの容れものだと思っていた。

「痛めたところをかばいながら動かすから、こんどは他の筋肉を不自然に使うことになって、ほら、このあたりまで細胞がみんなだめになっています」。

容赦なく痛みのツボを押さえられ、そのたんびに頭がベッドから飛び上がる。タオルはかけられているけれど、パンツいっちょうで仰向けになった私は、固く目をつぶってベッドの両脇を握りしめる。

「ハハハ、肩に力を入れると息ができなくなっちゃいますよ。痛くても力を入れないように。気を失いそうになったら言ってくださいね」。

先生の指は、触るだけでどこが悪いのかわかってしまうのだ。

「……だいじょうぶ、治りますよ」。痛みのまっ最中に聞こえてきた先生の声が低くすべらかで、その声の余韻にすがりついている。

小さな金属音がして、はりが1本1本ささってゆく。全部さし終わると、暖かい座ぶとんのようなものがかぶさって、足首をそっと包んだ。

ふと、子供の頃のことを思い出した。

風邪をひいて寝ていると、仕事から帰って来た父は、掛けぶとんの上から私の体の形に沿って手を当ててくれた。

寝返りを打つとまたふとんがふくらんでしまうから、できるだけ体をまっすぐにして目をつぶった。時々腕だけ出して、父がやってくれた感触を思い出しながら、自分でふとんを押さえたりして。


ピアノ曲が静かに流れていた。遠くでお香のようなにおいがしている。どうやら奥の部屋の患者さんに、お灸《きゅう》をすえているらしい。

先生の声がとぎれとぎれに聞こえてくる。

はりをさしたところがじーんじーんとしている。私の皮膚は、どんどん薄くなる。

つぶった目をもっと深くつぶると、細かい模様が見えてきた。よく見ようとして目の芯を固くすると、目の裏側に、針の先ほどの網目がびっしりとはりめぐらされている。

網目は小さく震えているだけでなく、じりじりと脈々と増え続け、頭の後ろの方にも流れていっているようだ。

体中にひろがってゆく網目を感じながら、私はそれを止めることができない。じんじんと体の奥に響く音とひとつになって、網目は生き続けている。


目を開けてみたら、私の体は宙に浮かんでいた。そして、部屋中が赤いゼリー状の網目の海だった。

○月○日
玄関を開けると夫の娘が立っていた。

カメラを首からぶら下げ、パンパンにふくらんだ両肩の荷物を下ろしもせずに「お世話になります」なんて言って、ペコリと頭を下げる。

ゆうべ母親と大喧嘩をしたのだそうだ。

「ひさびさにやったから二人とも元気でさ、夜中まで続いちゃって。私は学校のことだけで頭いっぱいなのに」。

大学を卒業したらどうせひとり暮らしをするのだから、その前に一緒に暮らしてみない？と誘ったのは私だった。今までだって、晩ご飯なんか3人で何度も食べていたのに「なんか家族みたいじゃのー」と、満足そうに夫が言うから照れくさくなって、食後に果物までむいてしまった。

「ねえ、この家の約束ごとは何かある？　洗濯は自分でした方がいい？」。真面目な顔をして彼女が聞いてきた。

「お互いやりたいことの邪魔をしないようにすることぐらいかな？」と私が答えて、その夜はたいした話もせずに、彼女はさっさと自分の部屋に入ってしまった。明日学校が早いのだそうだ。

向かいの建物の壁に反射していた電気が消えて、彼女が寝たのがわかった。

私は本を読みながら、あんまり静かでいつもと変わらないから、彼女が来たことを忘れてしまいそうになる。

一緒に暮らし始めた初日くらい、もう少し話したかったのに。

私は仕事で夜遅くなるし、彼女とはこれからすれ違いの生活になるのかな……なんて思いながら風呂に浸かっていた。ふと見ると、タオル掛けのところに見慣れない垢スリがかかっている。使い込んでところどころ穴があいた水色の小さいのが、私たち夫婦の垢スリのとなりに、ちゃっかり並んでいた。

うんと昔、上京してきたばかりの頃に、近所に住む男の子と付き合っていた。私は自分の部屋が好きだったので、いつもそこに彼が来て、ごはんを食べたり、ベッドで寝たりしていた。毎日のように会っていたのに、彼の部屋にはいちどしか行ったことがない。ある日、食器棚に見慣れないティーカップをみつけた。手に取るとやけに重たくて、ごてごてした取っ手がついている。カップの底に染みついた茶渋を見て、彼の散らかった部屋を思い出した。コーラの瓶のケースを並べただけのベッド。積み重ねられた本や雑誌やレコード。何年も干したことがないようなふとん。

彼のことは好きだった。でも私は、あの狭苦しい部屋からやって来た、ティーカップのことだけが許せなかった。

家出娘と暮らし始めてそろそろふた月になる。

毎日ヨーグルトとトマトを食べること。風呂がやたら長いこと。帰って来たらすぐにパジャマに着替えること。ぐちゃぐちゃのベッドの中でビデオを見ること。ふとんもシーツもぐちゃぐちゃなままで寝てしまうこと。

なんだかんだと夜遅くまで話をしても、必ず家に帰って行く今までの彼女は、空気みたいだったなと思う。

彼女の洗濯ものやふとんを干しながら、暮らしている彼女の体のことを、私は感じ始めている。

「娘のフェイバリット・ラッシー」

減らない記憶。

○月○日

自転車を片手でこぎながら、はりついてくる髪の毛をはらいつつ空をあおぐと、もくもくと盛り上がる白い雲に明るいブルーのコントラスト。

太陽は、ほんとうに頭の真上だ。

木も地面も建物も、きのうの雨をいっぺんに蒸発させて、湿気と熱で息をするのが苦しいくらい。

自転車を止めると、どっと汗が吹き出してきた。

レコード屋に入ったら急に涼しくて、頭がぼんやりしてしまう。本屋でもレコード屋でも私はいっつもそうなのだ。店に入ったその途端、何を買いに来たのかコトンと忘れてしまうのだ。

しかたがないから、ゆっくりと順番に棚の周りを歩いてまわった。「J」のところまで来た時、すんなりと、やたらに懐かしい名前が目に飛びこんできた。

「ジム・クロウチ」

ガサガサと包みをやぶるのももどかしく、ウォークマンにセットする。湿り気を帯びたギターのつまびき、耳の中にこもる歌声。頭の中を撫でられるように、昔と同じメロディーが聞こえてきた。

ヘッドホンを指で押さえ込んで目をつぶると、記憶のほこりが降り積もって、景色がゆっくりできあがる。自転車をこいで彼の家に通う、二十歳《はたち》の私が見えてくる。

そこは彼の実家なのに、彼の家族は誰も住んでいなかった。

玄関を開けてそっと扉を閉め、スーパーの買い物袋の音を気にしながら、急な階段を登ってゆく。

部屋に入るとばかでかい扇風機が私を迎える。たいがい彼はまだ寝ているか、ベッドで本を読んでいた。2段ベッドの梯子《はしご》をよじ登って、そのまま彼の隣に転がりこむ。天井にぶつかりそうになりながら、汗まみれになってセックスをした。

トイレに行こうとすると、隣の部屋に下宿しているオザキさんとよくはち合わせになった。そんな時、うんと年上のおじさんなのに、オザキさんの方が私より照れていた。廊下にある小さな台所で、私は3人分のそうめんをゆでたり焼き飯を作ったりして、オザキさんの畳の部屋に運んだ。

いつもきちんとかたづいたひろい部屋にはクーラーがあった。食べ終わって、お茶菓子までごちそうになると、彼の部屋にもどってきてまたベッドに転がりこむ。ジム・クロウチの曲は、そんな夏の午後によく流れていた。

彼の家には1階にも台所があったようだ。風呂もシャワーもあったみたいだけれど、そこに行くのはなぜか禁じられていた。

彼は「好きだ」とか「愛してる」とか、いちども私に言ってくれたことがない。「うつむいていた方が顔がやせて見える」とか、椅子の背もたれの棒の間から、「背中の肉がはみ出してる」なんていじわるもよく言われた。

彼は私の部屋には急に訪ねて来るくせに、私がやって来て良い日はあらかじめ決められていた。もしかしたら、彼には他に好きな人があったのかもしれない。それはきっと、ジム・クロウチとオザキさんだけが知っていたはずだ。

何ヶ月かたって、私の方にも好きな人ができ、彼とは別れることになった。

アルバイトから帰って来たある雨の日に、部屋の外に大きな紙袋が置いてあった。

私が彼にプレゼントした手編みのセーターや本、せっせと送り届けた手紙がぎっしり入っていた。

いらなくなった物たちはあまりにもみすぼらしかったから、ぐっしょり濡れた紙袋ごとビニール袋につっこんで、ゴミの日に出してしまった。

○月○日
仕事から帰ってビールをつかむと勢い良く冷蔵庫のドアを閉めた、のと同時だった。

食器棚が斜めにスライドしながら倒れてゆく。その迫力のスローモーションと大音響。

天井につっぱらせた棒に、板を渡した画期的な食器棚は夫が作ってくれた。

倉庫みたいにシンプルだし、扉がないので取り出しやすい。何よりも、長年かけて少しずつ集めてきたたくさんの器が、ひと目で見渡せるのが気に入っていた。

私はビールを持って突っ立ったまま、その一部始終を見ていた。

静かになってみたら、割れた食器の残骸と板が、きざんだキャベツとコロッケにまみれてキッチンの床に山積みになっていた。ひとつひとつの器にはりついていた私の思い出も、崩れ落ちた。

翌日の厨房で、新聞紙の切れっぱしが食器の破片に見えてしまう。食器のぶつかり合う音に過剰反応して、ねずみみたいにビクビクしている。

仕事にならないので裏に出ると、洗濯機の隣の暗くじめじめしたところに座りこんだ。長さ2メートル近くある下水の蓋の網を、隅の方からタワシでこすってゆく。こすればこするほど金属がのぞいてきて光るので、この単純作業はすぐに夢中になれそうだった。

いったいどのくらい時間が経ったのだろう。気がつくと、また私は夕べのことを思い出していた。全部が私の好きな器だった。その7割が粉々になったけれど、生き残った器もあった。

そのほとんどは友人のA子が焼いた器だ。沖縄の土で焼いたという赤い大皿。黒く焼き締めた、刺身を盛ると似合う平皿。ゆでた青菜が映える石のような片口。それらが残骸の中からひとつひとつ出てきた時、その頑丈さに感動した。

私とA子は、ある夏の間を同じ職場で過ごして仲良くなった。

男衆が発掘してきた土器の破片を、歯ブラシみたいな道具で洗って陽に干したり、彼らの汚れものを洗濯したりするのがふたりの仕事だった。

A子は自分のパンツや靴下まで持って来て、いっしょに洗濯機につっこむので、先輩のおばさんによくおこられていた。それでもぜんぜん懲《こ》りずに、翌日には平気でシーツまで洗っていた。

仕事が終わると毎日A子の部屋に寄った。古い木造の長屋で、小さな庭には共同の流しにシャワーがついている。水着に着替えると、どっちが日焼けしているか競い合いながらふたりで水をかけ合い、ついでにひまわりにもかけてやった。

そのあと私たちはお互いに結婚し、夫婦でもよく遊んだ。

私が離婚を決めてひとり暮らしを始める時、誰もが反対する中、A子はお金のない私に4万5千円を持って来てくれた。

それから彼女も離婚して、私たちは、もう何年も会っていない。

あの夏の日の庭の日陰のところには、ミョウガがいくらでも生えて出ていた。

焼き茄子にミョウガをのっけて盛りつけた、A子の懐かしい器。逆三角形の私が好きだったあのどんぶりは、まだA子の食器棚に健在だろうか。

蚊取せんこうのにおいも夕方の涼しい風も、あの黒いどんぶりの肌触りとセットになって、私の頭の中に、今でもちゃんと残っている。

「夏野菜の網焼き」

伝えたい気持ち。

○月○日

待ち合わせより1時間も早く着いてしまったので、どこかに入って何か軽く食べておこうと思った。あんまり遠くまで歩くと迷子になりそうだったから、目についた店に入った。銀座のマクドナルドなんて、考えてみると初めてかもしれない。

2階に上がって空いている席をどうにかみつけ、座ってはみたものの、ザワザワとせわしなくてちっともくつろげない。

みんな待ち合わせに利用したり、私と同じように時間つぶしをしているだけだからしかたがないけれど、なんだかここは、時間のごみ箱みたい。

たとえば、今ここで地震が起こったりして、ここにいる大勢の人々といっしょに逃げ惑うのだけはお断りだと、ハンバーガーにかぶりつきながら強く思ってしまった。

なんでだろう。この空気の悪さは、やかましいだけのせいではない。いったい何なのだろう。

男の子よりなぜか女の子が目立つ。グループで盛り上がっている娘たちもいれば、思い出したようにポテトをつまみながら、うわさ話に夢中の二人連れもいる。テーブルとテーブルのわずかな隙間に、彼女たちは線をひいている。自分たちだけのおしゃべりに夢中で、隣のテーブルのことも、トレーを抱えてその隙間を行き来する人々のことも、無視し合うのがここのきまり。テーブルの下に投げ出した素足のペディキュア、背中を丸めひじをついて吸う煙草の煙。ラフなスタイルを私は決してきらいなわけではない。でもたとえばここに、いっぱいに開け放した窓があって、砂浜と海が見えていたらどんなだろうなんて、ゴブラン織りみたいな重たいカーテンがぶら下がった向こうの窓を見ながら思ってみる。

ふと、隣の席で携帯電話が小さな音を立て、メールを読み取っている横顔が見えた。手足の長い女の子が、ひとりでそこに座っている。

手帖を開いて何かを書き込んでいたかと思うと、金色に染めた髪をまとめたりほどいたりして、テーブルの上に立てかけた鏡をのぞきこんでいる。

トレーの上にはすっかり飲み終わったカップが、くしゃっと転がったまま。こんどはバッグの中から小さな裁縫箱を取り出すと、着ているブラウスの裾をめくって、不器用な手つきでかがり始めた。

彼女は待ち合わせではないなと思った。

ひとり用のテーブルと腰掛けをつなぐ小さな長四角は、彼女の部屋なのだと思う。

椅子に深々と腰掛けて化粧を始めた彼女は、無為に時間をつぶしているのではない。その小さな部屋で、ひとりの時間を過ごしているのだ。

私は、その部屋をノックしてみたいと思った。

吸い殻をもみ消すと、自分のテーブルを動かして通り道を作った。

けれど彼女のテーブルとの隙間を通りぬける時、「すみません」と言ってはみたものの、自分でも意外なほど小さな声しか出なかったので、彼女にというよりは、私と彼女の境界線に向けて声をかけたような、変な感じになってしまった。

○月○日
歯医者から出ようと思ったら、夕立ちがやってきた。

かなりのどしゃ降りだけど「向こうの方に青空が見えるから、そのうち止むだろう」と、待合室にやってきた先生が言う。

「どこ行くんだこれから。仕事は休みなのか」。言いながら、開いた週刊誌を私の手に押し付ける。甲子園に出ることが決まった、自分の母校の記事を読めというのだ。私は野球のことなんかまったくわからないから、読んでいてもちっとも頭に入ってこない。奥の部屋から、古いスクラップブックを抱えた先生が出てきた。このぶんだと話はまだまだ終わりそうにない。

雨が上がったばかりの道を自転車がゆっくり進む。

車が走る大通りではなくて、できるだけ細い路地を走っていると、晴れ渡った空の下で、家々の垣根の中の雑草や、停めてある車のボンネットまできれいに見える。

初めて通る道ばかり選んで走っていたら、こぢんまりした住宅街の途中に公園の入り口を見つけた。

迷わずに自転車を止めていると、作業服を着た頭の禿げたおじさんがポケットに手をつっこんで、私の方を見てにやにやしている。私はとっさに後ろを向き、そこにあった自動販売機でお茶を買った。

振り返ると、おじさんは公園の右側に向かって歩き出していた。なんだか意外だったけれどホッとして、私はおじさんと反対側に歩いて行った。

中に入ってみると公園は思ったよりかなりひろく、ゆるやかな丘の下いちめんに草の生えた運動場がひろがっていた。周りをとり囲むように木立が繁り、ウォーキングの人たちがポツンポツンとちょうどいい間隔で歩いているのが見える。

いちばん近くにあるベンチに腰掛け、フリスビーをくわえて全速力で駆けもどって来る犬を見ていた。トンボが何匹かそこらを飛んでいる。

なめまくる犬をあやしている息子と、少し離れたところに立って、帽子を押さえながら空を仰いでいる母親。

あ。

そこには、運動場の半分を抱きかかえるように、夕立ちからのでっかいプレゼントが出ていた。

顔を上げたまま、自動販売機のくせになんでだか生ぬるいお茶をごくごく飲みながら、じっと空を見上げていた。

とつぜん、歯医者さんに教えてやりたくなった。慌てて自転車のところに走る。

公衆電話を捜しながら時々後ろを振り返って、まだ消えてないのを確かめながら自転車をこいだ。

ヘッドホンをつけた今どきの大学生くらいの男の子が向こうからやって来た。自転車で擦れ違いぎわ、空を見上げていた彼の視線が私の目を捕え、グーッと覗きこんできた。視線と視線が合わさったそのほんの一瞬の間、たぶん私たちはささやかな同じ気持ちを伝え合った。

孫たちに両手を引っぱられ、真剣な顔つきで玄関から飛び出して来たばあさんは「あー出てる出てる」と言いながら、隣の駐車場に駆けこんで行った。シャツの背中が汗で濡れていたから、昼寝でもしていたところを起こされちゃったのかもしれない。

と、急に私は思い出した。

さっきの禿げたおじさんは、きっと私に伝えようとしていたのだ。あの時、虹はおじさんの後ろ頭の遥か上あたりに出ていたはずだ。

「秋の中国茶」

イン・ザ・リズム。

○月○日

帰りの飛行機に乗る人たちが増えてくると、空港はすでにもうどこでもないのだと思った。まだここが南の島だという目印は、ロビーの脇にある小さな土産もの屋だけ。

「会社の人たちに買い忘れちゃったのよ。何がいいかしらねえ……」。

最後のお土産を買いあさるおばさんたちは、ノースリーブから出た腕も顔もちっとも日焼けしていない。ホテルから出かける時は、さぞかし日焼け止めクリームをたっぷり塗って観光していたのだろう。

窓の外には、厚ぼったい緑の葉っぱの中から、ひらひらしたピンクの花や真っ赤なハイビスカスが、飛び出すようにして咲いている。

冷房がきいたロビーなんかで待つよりも、外に出てアスファルトにでも座って、のんびり待っていた方がよかった。今ごろそんなことを思ってみても、都会の体臭をふりまきながら少しずつ集まって来る観光客のことを、2時間もの間、私はぼんやり眺めていたのだ。動くものを、ただただ目で追ってしまう犬のように。

最後にもういちど南の島を味わいたくなって立ち上がった。自動ドアが開くと、あったかい空気が押し寄せてくる。

つい5日前、飛行機から降り立った時に感じた、東京とちがう空気の肌触りのことを思い出した。そこらをぶらついているだけでしっとりと汗がにじむ。そう、この感じ。

飛行機はぐんぐんと高度を下げてゆき、眠っている間に、あっけなく東京に着いてしまった。

私たちはモノレールからはき出され、そのままJRのホームに流されてゆく。階段の上でサラリーマンのおじさんたちがもめている。酔っ払って大声でどなっているけれど、次の店に飲みに行くだの行かないだのとごね合っているだけなのだ。ネクタイのひん曲がった、腹の飛び出た赤ら顔の鈍感で傲慢で無神経なおじさんらのことを、私は見たくない。

リュックが肩にめりこんで、うつむいて立っている私の背中に彼らのバカ笑いがぶつかってくる。電車が来ると、隣で並んでいる人たちの脇に割り込んで、我先に乗り込もうとしている汗が染みた背中。酔ってフラフラしているくせに、そういうところはやけに機敏なのだ。

動き出した車窓におでこをくっつけて、ぼんやり外を眺めていたらいきなり飛び込んできたもの。向こう側のホームの半径5メートル分、そこだけ穴が空いたように誰も人が立っていない。

その中心にはりついた白っぽい液体が、誰かの吐き散らしたものだとわかった時、やっと私は東京に帰って来たことを思った。

吉祥寺の駅に着くと霧のような雨が降っていた。前を歩く夫の後ろについて、足元だけ見ながら歩いた。途中でタクシーを拾ったはいいけれど、運転手のおじさんに行き先を告げても反応がない。

ていねいに道順を説明する夫に、抑揚のない声で低くうなずくだけの運転手。ゴムで結わえた脂っぽい髪を後ろにたらした、土け色の彼の横顔が、車内のいぶかしい空気を増幅させている。

コンビニで立ち読みをしている無表情な若者たちも、朝までやってるインド料理屋に客がいないのも、見慣れた街の景色のはずなのに、なんとなくいつもと違って見える。

そういえば飛行機が着陸する前に夫に起こされ、東京の夜景を見た。ビルをかたどるひとつひとつの小さな窓の灯り、高速道路に並ぶ点のような灯りが集まって、それは、暗闇に輝く星雲のようだった。人間が作ったものの中で、いちばん綺麗で感動するのはこれなのだと、ねぼけた頭で思った。

そしてあのほんの小さな灯りの下で、今も誰かが仕事をしたり、ごはんを食べたり、悩んだり、テレビを見たりして生きていることを、懐かしいような愛しいような気持ちで思い描いていたのは、ほんの1時間前のことだった。

○月○日
カーテンの向こうが薄暗い。

ああ、まだ雨が降っていると思いながら枕に顔をうずめる。何度か目を覚まし、またうとうとと眠くなって、そんなことを繰り返しているうちに強烈な夢をみた。

——私の赤ん坊はとても目が弱い子なので、ふだんは目隠しをしている。目隠しをはずすと、その男の子の目は涙で潤んでいて、色の薄い眼玉のところに、とても美しい景色のようなものが映っている。私は世の中がとてもよごれていることを知っているので、その子供の眼玉を見せてもらうと、力が抜けて至福になってゆく。けれど、それは哀しいような気分にも似ている。きれいすぎるものが、純粋すぎる魂が、この世に生きていることが哀しい。私は添い寝をしながら、その子の体をひとりじめしている。はかなくて、どうしようもなく愛している、切ない気持ち。涙がこぼれる——

私はほんとうにぼろぼろ泣いていて、それで目が覚めた。

『ポンヌフの恋人』(レオス・カラックス監督)を見たから、そんな夢をみたのだろうか。主人公は不眠症のホームレス。睡眠薬を常用している彼は、いつもとつぜん眠りに落ちてゆく。

息をひそめてうずくまっている彼の魂は、夢うつつの現実でしか生きられない。まじり気がなさすぎる魂のために彼は眠れないのだ。

その彼が初めて恋をした。

ホームレス同士の恋愛のスタイルは、寝床も服も食べ物も必要最低限だからよけいなものが何もない。お金も持たないから、将来の希望についても考えない。気取りや自慢や引け目なんかで盛り上がらない、ほんとうの裸のロマンチックな恋愛なのだ。

都会のど真ん中の橋の上で、赤ワインのペットボトルをがぶ飲みし、叫び、疾走し、抱き合い、踊り狂っていたホームレスの恋人たちは圧倒的だった。

体の中が沸騰し、あふれ出してくる彼らのリズム。ひたむきで、あまりにむき出しなふたりの眼玉が、電球の光の残像みたいに、私の胸の中にまだ残っている。

「鶏の赤ワインソース煮」

はくちの夢。

○月○日

街を歩いていたら、知らないおじさんに呼び止められた。

「僕のこと忘れちゃったの？　この間パーティーでいっしょに飲んだじゃない」。何かの間違いだろうと思い、無視して行き去ろうとすると、「そうそう僕写真持ってるんだよね、あの時の」と、腕をつかまれてしまった。

写真には確かに自分が写っていた。グラスを掲げて笑っている私の横顔。家の洋服ダンスにはない、黒いワンピースを着て。

2枚目の写真では、男女が入り混じってソファーに座っていた。誰かの部屋の中なのだろうか、それともどこかのレストランの待合室なのか。親しげに体を寄せ合って写っている彼らのことを、私は誰ひとりとして見覚えがない。

私はもういちどおじさんの顔を見た。

誰かの顔を間近に見る時、肌のキメや睫毛《まつげ》の長さ、唇の形ばかりを見ているのではない。

その顔が持つ全体の印象を感じながら、人は何かをつかまえようとするものなのだ……と、その時思った。

悪い感じはしなかった。

そしておじさんの声の、音の、肌ざわりを思い出した時、確かに私には心当たりがあった。点のようにぼんやり光っていた心当たりが、押し寄せてきて、ぱぁーっとひろがり、体を占領した。私の中からもうひとりの自分が現われた瞬間だった。

私は自分が感じていることをよくわかっている。どんな景色を見ているのかも、おじさんのあとに、こうしてついて歩いている自分の気持ちも、体の感じもリアルにわかる。

ただ、まわりにいる人たちのことがうつろで、どうでもいいような気持ち。

私は口がきけないひとりの少女になっていた。言葉を忘れてしまったのではなく、言葉をしゃべるという概念がもとから頭にない少女。

ビルの屋上のような、だだっぴろい部屋に連れて行かれた。壁はあるのに天井がない吹きっさらしの場所。写真に写っていたソファーが、ぽつんと転がっている。

オレンジ色に紅が溶けこんだ空が、部屋にかぶさっていた。

向こうから鳥の集団が渡ってくる。

無数の鳴き声が重なり合ってそこらに響き渡り、バサバサと羽ばたく音が私の体の上を通り過ぎてゆく。

私は寝ころがったまま「うおー、うおー」と叫びながら、鳥の腹の模様やひろげた翼の裏側を眺めている。よだれを垂らして、眺めている。


あまりの幸福感に目が覚めた。

なごり惜しいようなもったいないような、そんをしたような気持ちでふとんをかぶって目をつぶった。シーツの奥まで潜りこんで、夢に髪を引っぱられているつもりになってみても、燃える空は、もう、どこにも見えなかった。

そのままずるずると、ねぼけた頭の状態で風呂に浸かっていた。

そして、ふいに気がついた。

夢の中の少女の心が、小さく折りたたまれて、この胸の中にしまわれている。

それは夢の中で感じたのと同じに、ほんのりと、心当たりがひらめくような感じだった。

○月○日
午後、窓を閉め切っていても部屋の奥まで陽が入ってくるようになった。夏の間はまんべんなく平べったかった陽の光も、冬が近づくとぐっと濃厚になって、とろとろと、はちみつみたいな色になる。埃や塵《ちり》がキラキラと反射しながら、光の帯の中を漂っている。

グールドのピアノは昔から好きだった。煙草の煙が光の中に紛れていくのを、起きぬけのぼんやりした頭で見ていたら、声が、いつもよりリアルに聴こえてきた。聴きのがしそうなくらいの小さな声だけれど。

ハミングとも唸り声とも言えないグールドの声が、ピアノの音に重なって、ところどころに混ざって聴こえるのに気がついたのは、いつの頃だったろう。

その声を、はっきりと聴くことができた。しかも映像つきで。

ついこの間『グレン・グールド　27歳の記憶』の試写会でのことだ。

それはハミングなんてもんではなかった。「ドゥルドドドバラバババラリー」。

大きな声で歌いながら、歌うのに合わせてピアノを弾くグールドは、ただの美しい若者ではなかった。

子供の頃、絵を描きながら体をくねらせる癖がある男の子がいた。描きながら、頭を右に振って机ぎりぎりのところまで持っていくと、こんどは左に頭を振って、頬っぺたが机にくっつく寸前まで体ごとでうねる。

握りしめたえんぴつがじっとり濡れて、自分の絵に酔っているような、そこからうぬぼれがにじみ出ているような、その姿はあんまり見てはいけないような感じがした。

学校から帰ると、こっそり私も真似して描いてみた。

体をゆらゆらさせると、酔っぱらったような気持ちになった。鉛筆の芯の先っぽに、目を吸いつけるようにして頭を動かして描いた。髪の毛の1本1本を描く時は、頭の芯がツーンとした。

グールドの頭の中には、すでにすばらしい音楽が鳴っている。ほうっておいたら埋もれてしまいそうなかすかなその音を、ひとつも聴き漏らさずに引き出してきて、目の前のピアノに生き写しにしたい。彼の願いはただそれだけ。

弾きながら体をのけぞらせ、早い音の時には小刻みに頭を振り、ゆっくりの時には首を回す。空いた方の手で指揮をしていたかと思うと立ち上がり、歌ったまま窓のところに行く。目をつぶり空中の鍵盤に指を動かし、すぐさまほんもののピアノにもどって来て弾き始める。

誰かの視線など気にもせず、体から聴こえてくる音楽に合わせて踊り狂っているみたい。

細い指を立てて古いピアノの鍵盤をたたくグールド。窓から差し込む光を背に受けた、逆光の金髪。かたわらに寝そべった愛犬バンクォーが、垂れた耳を動かしたりしながら昼寝をしている。

彼の練習部屋には、光の粒と音の粒が踊っていた。ちょうど今の私の部屋のように。

——録音の時、7つ道具のひとつだった——

「グールドの葛粉のビスケット」

すり鉢の胡麻。

○月○日

折り曲げたり、下に座ぶとんを敷いてみたりしても、どうにも落ち着かない枕をもてあましながら、それでも持って来た文庫本を半分くらいは読んだだろうか。

眠たいような気がするのに、目をつぶると、なんだか体の奥に一箇所だけはっきりした場所があって眠れない。

いったい、いま何時ごろなんだろう。

ためしにテレビをつけると、古い映画をやっていた。怖いからつけっ放しにしておいた蛍光灯を消して、テレビの灯りだけにしてみた。

天井板の1枚分だけどういうわけか染みがついている。押入のふすまの模様、砂壁のぼんやりした色が薄灯りに照らされている。この旅館は、思ったよりけっこう古い建物なのかもしれない。ポチポチと、雨がトタン屋根に当たる音がする。

思い切って起き上がり、ゆかたの帯をしめ直して、まだ濡れているタオルをつかみ部屋を出る。

階段を降りてゆくと、厨房ののれんの向こうから、皿がぶつかる音に混ざっておばさんたちの笑い声が聞こえてきた。

いま何時なのか、ますます私にはわからないようになる。

「女湯」のガラス戸を開けると、ロッカーには誰のゆかたもなく、私ひとりきりなのが嬉しかった。たっぷりと湧いてくるしょっぱい温泉に手足を伸ばして、思い出したように顔をこする。

時々、天井から落ちるしずくの音がする。

ふと、なんで私はこんなところにいるんだろうと思う。

胡麻をするのを残しておいた。

あれもやらなきゃこれもやらなくちゃと、残りの仕込みのことを思いながら胡麻をするのはイライラするばかりだから、あとでゆっくり味わってすろう。煎った胡麻をすり鉢に入れて、するばっかりにしておいた。

そんな感じかなぁ、と思った。

両方のまぶたの上を押さえていたら、黒と白の胡麻が混ざったのが浮かんできたのだ。大きなすり鉢にざくざく入ったやつが。

どこに行くかは時刻表を買ってから新幹線の中で決めようと思っていた。なんとなく北の方。そうねえ、海が見えて、山もあるようなところに行ってみたい。とにかく海がどーんとひろいところ。

そんな軽い調子で、いつものリュックにセーターとマフラーだけつっこんで、出て来てしまった。時計も持たずに。


窓の障子紙が、ぽっと白くなっていた。

どうやら少しは眠ったみたい。雨が降るって最初からわかっていると、雨の日だって案外悪くはないものなんだなんてぼんやり思っていたら、とつぜんサイレンが鳴って、がばっと起き上がる。

テレビをつけると午前6時のニュースが始まったところだった。佐渡島に行くには、7時半の電車に乗らないとならない。

タオルをつかむとふらつく足取りでまた「女湯」に向かう。

湯船の向こうの曇った窓ガラスをこすると、ぼんやりと黄緑色が濡れている。繁みの陰の小さな池では、鯉だろうか、オレンジ色の魚が泳いでいる。これで最後の温泉なのだから、ばしゃばしゃと私は盛大に顔をこすった。

新潟駅に着くと、船着き場までのバス料金をきっかり用意して、窓口で言われた停留所のバスに乗った。

ウォークマンのボリュームをＭＡＸにすると、走り行く街の景色が3センチ浮いて見える。雨は相変わらず降っているけれど、私は絶好調だった。

変だなと気がついたのは、掲示板のバス料金が３７０円になっていたからだ。船着き場までは１８０円のはずなのに。

思い切って運転手さんに聞いてみると、どうやらこれは1本早いバスで、路線が違うらしい。「〇〇病院前で降りて、新潟駅行きのバスで引き返してください」と言われてしまう。

そこは、ずいぶん近代的な病院だった。

屋根があるだけでもありがたいのに、ひろい待合室は清潔で暖かかった。順番を待っている患者さんたちに混ざって、時計が見える席に座り込み、ウォークマンをリュックにしまった。

私はどんな風に見えるのだろう。誰かに頼まれて、薬をもらいに来た人くらいには見えるだろうか。

看護婦さんも患者さんたちも、誰も私のことを「どなた様ですか？」と聞かない。だけど、なんでまた私はこんなところにいるのだろうと思う。何の用事があって、わざわざ東京からこんな病院に来ているのだろう。

バスの時間までまだかなりある。マフラーをはずすと、ほんの少しだけ硫黄のにおいがした。

けっきょく佐渡島に着いたのは、午後の1時をまわっていた。

案内所で地図をもらい、缶のお茶を飲みながらまず自分がいる場所を確かめた。時間は限られている。バスに乗って行けるところまで行き、またもどって来ようと思った。町並みはすぐに飲み込まれ、気がつくとバスの窓には海がひろがっていた。突き出した岩々に白い波頭が泡立っている。岩のまわりを海鳥たちが飛びまわって、今にも鳴き声が聞こえてきそうだった。

海岸線から山道に入ると、ばあさんがひとり乳母車を押して歩いているのが見えた。

曲がりくねった山道をゆっくり登る時、家々の軒先に柿がつるしてあった。

家と畑の間から、雨にけぶった穏やかな海が見える。

たまらなくなってバスを降りた。

折りたたみの傘を開くと、今来た道を歩き始めた。

電柱のてっぺんに鷲《わし》のような顔をした鳥がいた。電線の方に移動したりしてしばらくとまっていたのだが、口を大きく開けてひと声鳴いたかと思うと、飛び立った。

空を大きくまわりながら、鳴きながら、くるりくるりと昇ってゆく。

灰色の空を、高く高く昇ってゆく。

海岸線の道に出た時、雨は止んでいた。

ウォークマンを取り出してボリュームを上げ、海の方ばかり見ながら歩いた。

山の上では灰色の雲がかたまっているのに、海の上では、薄くひきちぎられた雲の透き間から黄色い光が漏れて、太陽の矢印が伸びている。

私はどんどんどんどん歩いた。このままずっと、どんどんどんどん歩いていたいと、それだけしか考えられなかった。

「胡麻バター」

変わらない人たち。

○月○日
仕事帰りの人たちで電車はわりと混んでいた。

入り口のところに立ったまま、手すりにつかまって、なんとなく外を眺めていた。下りの中央線に乗るのなんて、ほんとにひさしぶりだった。

電車に乗る時はまだぼんやりと明るかったのに、気がつくと外はもうすっかり暗くなって、自然と体が窓にくっつく。おでこを窓にひっつけ、手の平で陰をつくらないと、外の景色がよく見えない。ネオン街のひとかたまりが行き過ぎると、夜に浸かり始めた家々の、窓の灯りが見えてきた。

このあたりだけ、どうしていつまでも変わらないのだろう。

こんもり繁る森と、まっすぐな線路にはさまれた、つり橋のような長い１本道。

ぽつんぽつんと並んだ裸電球が、木でできた道の上を照らしている。

向こうから自転車のライトがやってきて、買い物袋を下げたおばさんを追いぬかしてゆく。

ススキのような長細い葉っぱが、道の脇で揺れている。

記憶の中の景色が、そのまま15年分だけ歳を重ねた顔をして、平気でそこにある。

懐かしいこの道を通り過ぎるとA子の家があって、そのままもう少しまっすぐに行って、畑の脇を曲がると大家さんの家。そして、その敷地の中に、私が住んでいた古い小さな1軒家がある。

いつしか私は手の平を丸め、望遠鏡のようにして電車の窓に張りついていた。

そろそろ線路のすぐ下に、A子の家の灯りがあるはずだった。庭には陶器を焼くレンガの釜があって、梅や石榴《ざくろ》の木がぽそっと立っている。

運がいい時には、庭を行ったり来たりしているベージュ色のでっかい犬が見えることもある。

そして庭に面した大きなサッシ窓からは、こたつに入っているA子の横顔や、部屋を歩き廻るA子の足が見えるのだ。明日会ったら私は言ってやろうと思う。

「きのうさぁ、A子、テレビ見ながらこたつでみかん食べてたでしょう」。

私は知っている。

線路下のその家に、灯りはもうついていない。

望遠鏡に目を押しつけ、じっと目を凝らしてA子の家を見た。

お化けみたいな木の枝が屋根にしなだれかかり、ところどころ剝がれ落ちた瓦が屋根の縁にたまっている。そのゆがんだシルエットは、周りよりも暗かった。

窓のガラスが、からまった枝の隙間に一瞬でも光らなかったら、ぽっかり空いた黒い穴に見えてしまう。

急いで望遠鏡を上の方にずらす。位置的にはそろそろ私の家が見えてくるはずだ。

ところが、大きな木がちょうど邪魔をして、家の前の通りも大家さんの畑も、なんにも見えない。

大きな白菜が、ゴロンゴロンと傾きながら並んでいる畑。

風になびく1本の柳の木。

大家さんちの縁側にぶら下がった干し大根。

小屋から飛び出して来る犬の鎖の音。お尻と尻尾を左右にふりふり足踏みし、今にも飛びかかろうとしている茶色の犬。

垣根の向こうに小さな庭があり、ぼうぼうと生え放題の草の中から、もの干し竿がつっ立っている。

カーテンの隙間から庭へと漏れる、橙色の灯りの帯。

その灯りの中、石油ストーブの向こうに私の顔が見えた。

髪を短く刈り上げた私は若く、子供じみていて、2匹の猫と前の夫と一緒に、まだあの家で暮らしていた。

水洗じゃないトイレと、寒い風呂場と、日陰の廊下みたいな台所と、畳のすり切れた部屋。

夕方にはA子と犬の散歩をし、そのまま彼女の家にお茶を飲みに行って畑の野菜を買って帰る。

眠っている猫の足に嚙みついたり、寝転がって本を読んだり、足を開いてストレッチをしたり、レコードを裏返したりしながら、相変わらず暮らしている私。

未来の自分に覗かれているとも知らずに。

○月○日

家のベランダの手すりの向こうが、夜の海になっていた。図書館やら児童公園やら銀杏の木なんか全部飲み込まれて、空の上の方までの大海原だった。どこまでが海でどこからが空なのかわからない。けれど上の方で、星がぶるぶる震えながら、点々と輝いていた。

青い光がチラチラしている。海に漂う船の灯りなのかと思っていたら、その光がレーザー光線みたいに、自分が眠っている部屋に向かって射してくる。

部屋の暗がりを、針のような青い光が交差する。壁、押入のふすま、鏡台の鏡、洋服ダンス、ふとんの上。

どうやらそのレーザーは、私の心臓を狙っているのだとわかった時、海と空の間のところに、懐かしい人たちが並んで立っているのが見えた。

祖母と父と、おじさん、おばさん。友人とフィッシュマンズの佐藤君。他にも見たことのある人が何人かいたようだった。

彼らが死んだ時のままの若さで、いつもの服装とヘアースタイルで、遠くから私を見守っている。

佐藤君なんて、一方的に私だけがいいな好きだなと思っていて、会ったこともないのだから、私のことを知らないはずなのに、死ぬと、私のことをなんでもわかって、見ていてくれる。死んだ人たち同士も、生きていた時には会ったこともないのに、皆知り合いになっていて仲が良い。

「いいんだよね、だいじょうぶだよね」。

心の中で彼らに聞いてみる。

さざ波がうち寄せるみたいに、いち列に並んだひとりひとりの顔が微笑んで、皆の体がざわざわと揺れる。同時に、私の心臓を光が通過した。

音もなく、痛くもかゆくもなく、すぐに頭と足が浮き上がって、そしてゆっくりと体が平らになりながら浮かんでゆく、その気持ちの良いこと。

そのまま大海原に向かって、仰向けになったまま、私は運ばれてゆく。

海は、ゆるいゼラチンみたいな肌ざわりだった。

暗闇のはずなのに、光を集めた水面から中の景色がよく見える。

海の中には林があって、彼らのいるところまでずっと続いていた。

枝についた数え切れないほどの葉は、葉っぱのひとかたまりではなく、1枚1枚がみんな動いている。

生き物のようにめらめらと動いているそのリズムが私の体を運んでゆくのだなと、私はぼんやり思っていた。

「とろとろハーブゼリー」

でっぱり。

○月○日
カーテンを閉め切っていても、曇っているなとわかる。

いつもの癖で、少しだけ早めに目が覚めるけれど、ずり落ちていたふとんをかき集め、頭の上までかぶり直してもういちど目をつぶる。

カーテンの隙間からグレーの空気が漏れてきて、ふとんが重たい。眠っていればなにもかもぼんやりとしていられるから、こんな日は、いろんなことをかぶったまま、いつまでも眠ってしまおうかと思う。


電話の音で無理やり起き上がった。

H子の声は、携帯電話なのに、隣の部屋からかかってきたみたいにはっきりしていた。

それで、なんとなく、もう帰って来たんだなと思ってしまった。

「きょうはこっちも少し曇っているけど、そうね、長袖のTシャツでちょうどいい感じ。

うんあのね、急に高山さんのことがポーッて浮かんできたの」。

H子は、まだぜんぜん沖縄の空の下にいた。

店を辞めてから、彼女はひとりニューヨークへと旅に出た。それからオランダに行き、ハンガリーで日蝕を見たら、なぜかとつぜんもう帰らなくっちゃと思った。日本にやることを残してきたような、うかうかしていられないような気持ちになった。

とりあえず宅配便のアルバイトをしながら、インターネットでいろんな人と知り合い、イベントがあればリュックをかついで出かけて行った。そのうちに饅頭屋に就職したらしいという風の便りがあって、何があったのかな会いたいなと思っていたら、沖縄に出かける前の日に書いたらしい手紙が届いたのだ。

H子のこころの中には、ボロ毛布にくるまって震えている仔犬がいる。心細くて甘えん坊なくせに、甘えるのがとてもへたくそなやつが。その仔犬を、自分の可能性の端へ端へと、H子はわざと連れて行こうとしているのだなと、手紙を読んでそう思った。

「沖縄に着いてからもわたしいろいろあったんだけど、お金ぜんぜんないから幸《サチ》の素を作って、福の紙のセットで幸福セット300円ですー！　いかがー？　なんて路上でやったりしてけっこう売れたりしてさ。友だちになった人んちに泊めてもらったりごはん食べさせてもらったりして、みんなすごいフレンドリーなんだよ。自転車持って来たからさ、うんあのオレンジのやつ、あれでどこでも移動してる。わたしいま、もう、いっこも自分にウソついてないよ。ちょっとごまかしてがんばったりするのもうやめたんだ。それでね、新しくオープンした店にきのう行ったんだよ。男の子ふたりでやってる小さいレストランなんだけど、内装もぜんぶ自分たちで作ったお店でね、そこでスープを飲んだの。いろんなスパイスが入っていて、混ざってて、それなのにすごくやさしい味のスープだった。わたしその前の日に喧嘩したりして、ちっとも伝わらなくてさその人に。そうそう、その時に高山さんのことが浮かんできたんだよ。スープがね、じかに体の中に入ってきた時に。沖縄はいいところだよね。あったかいし何でもあるし、高山さんもまた来ればいいのに」。

きょうは、持って来たCDをぜんぶ路上で売るのだそうだ。だから今、MDに落としているところなのと何か食べながらもぐもぐとそう言って、H子は電話を切った。

沖縄の、しょっぱいようなまとわりつく空気が、電話を切ってからもまだ鼻の先にすこし残っていた。

テーブルの上には、夫が夜中に食べたらしいカップヌードルが箸をつきさしたまま転がっていた。飲み残しのお茶と、灰皿にたまった吸い殻を片づけるのもおっくうで、そのまま私はぼんやり座っていた。

椅子の上に足をのっけて背中を丸め、煙草を1本吸った。

ここは、いま私がいるこの平らな場所は、私の中から生まれたものなのだろうか。

ふと思いたち、スリッパをひきずりながら窓辺に歩いてゆく。

カーテンを開けて、私は息をのんだ。

真っ白だった。

ほたほたほたほたと、裸になった柿の木に、イチョウの木に、コンクリートの屋根の上に舞い降りてくる雪は、ふとんの綿をひきちぎったみたいにでっかくて、あとからあとから途切れることなく降りつもってゆく。

下の道路を、傘を斜めにして歩いて行く人がいる。それでやっと思い出した。きょうは私の休日で、なにもしなくてもいい日なのだ。

ラジオをつけると、女の人のやわらかく甘い声のハワイアンが流れてきた。

○月○日
ダンボールを開けると、見たことのないインスタントラーメンの塩と醤油味がひとつずつ、森永キャラメルひと箱、くるみの枝が入っていた。

そしてその下に、新聞紙に包まれた物体ふたつと、広告に包まれたものひとつ。

新聞紙をほどくと、赤ん坊の太ももくらいのさつま芋。広告の方は、肉厚のしいたけがふんわり包まれている。

広島のD子さんからの小包は、いつも楽しい。

和紙をかぶせた石鹸の箱は、振るとカタカタ小さな音がする。枇杷《びわ》、椿、柿、アボカドの種に梅干しの種。つるつると黒光りする西瓜の種まで入った、いろんな種の詰め合わせだった。

彼女の家の裏山や、小さいけれど自分で耕している畑の景色が目に浮かぶ。きっと、野草茶を束ねてつるしてあった、あの風通しが良い窓際で、食べては干し、食べては干された種なのだ。

夏に会った時、「ほいじゃがね、ほんとうなら手を上げて喜びたいような気持ちじゃったんじゃが」と、D子さんは言った。

長いことボケて寝たきりの姑《しゅうとめ》さんの世話で、心底くたびれていた。なのに、死んでしまってから、何をしていいやらわからなくなってしまった。ただぼんやりと、毎日が過ぎてゆくばかり。

そんなある日、D子さんの家に山羊が来た。ちっともなついてくれない山羊の世話をしているうちに、「歯がない姑が、ごはんをこぼしながら、いつまでもいつまでも嚙んどった顔が、山羊が草を嚙んどる顔によう似とることに気がついたの」。

そういえば、強情でわがままな山羊は、性格まで姑にそっくりだった。

また、姑が帰って来たと思った。

「ひとの暮らしには、全部がええことばっかりよりも、何かひとつくらいでっぱりがあるくらいの方が、ええような気がするの」と言って、D子さんは笑っていた。


「かぶスープ」

部屋のからだ。

○月○日

仕事から帰ると、娘がおでこにタオルをのせて寝ていた。タオルをつかんだら、お湯の中でしぼったように温かく、おでこを触るともっと熱い。あわてて体温計を探しに行く時、ドアのところで私はけつまずいた。氷枕を冷凍庫から取り出し、タオルをゆすいで部屋にもどるそのわずかな間にも、38度9分になっている。そんなに熱があったら食べられるかどうかもわからないのに、とりあえず私は冷蔵庫に頭をつっこんで、何か作ろうとしている。

夫は風邪の本を見ながら、「ねぎ」、「梅干し」、「玉子」、などと言って、私の横に立ったまま離れない。昼間トイレに行こうとして、洗面所でタオルをしぼっている娘をみつけたのだという。でもヨーグルトを半分だけ食べて、夜中になっても寝たままなので、さすがに少し心配になった。

父親のくせに、年頃の娘のおでこを触ることができない夫。熱があることを告げず、薬も飲まずに、ひとりでタオルをしぼっていた娘の背中。なんだかなあと私は思う。永いこと離ればなれに暮らしていた、父と娘の目に見えない距離のこと。声だけしか聞いたことのない、彼女の実の母親のこと。

タオルを替えに行くと、ぐったり眠っているのかと思いきや、ガラガラした弱々しい声が「ありがとう」と言う。お茶を持って行っても着替えを持って行っても、そのたんびに言う。

自分が病気になると、大人たちが急に優しくなるのを、私は子供の頃に学習した。食べたいものをねだり、わがままを言っても許される甘ったるい時間を、私は何度も過ごしてきた。自分ひとりでなんでも引き受け、ぐちゃぐちゃのふとんにくるまって、捨て犬みたいに眠っている娘は、どんな風に、どんな場所で大きくなったのだろう。

腐った食べ物を、オカンはもったいながってまた冷蔵庫にしまうから、においをかいでから食べる癖がついたと娘は笑って言っていた。

「だけどぜったいに許せないって思ったのはね、冷蔵庫の中にゴキブリがいた時。もう我慢できないとそん時思ったよ。勉強机が置いてあるタタミ1枚分が自分の部屋でさ、でもちょっと気を許すとすぐにまたオカンの荷物が押し寄せてくんの。とにかく部屋じゅうがいつも散らかってるから考えながら歩かないとならない。それがふつうって感じ。でもね、私にはわかるんだ、オカンがいろんなもんを捨てられない理由」。

女手ひとつで自分を育ててくれた、母との暮らしが染み付いたその家のことを、娘は「もと家」と呼んでいる。

敷きっぱなしのふとんと、脱いだままに形をキープしている洋服や靴下。大学で使うらしい資料やプリントといっしょくたになって、床に散らばっているCDの歌詞カードや、お菓子のくず。

いっしょに暮らすようになってしばらくは、娘の部屋に入るたびに私は呆然としていた。時々、思い余ってふとんを干したり、腹立ちまぎれに床のものを机の上に押し上げ、掃除機をかけたこともある。

物が入り乱れた「もと家」から這い出してきたのなら、きちんと片付いた部屋で暮らしたいのかと、単純に私は思っていた。

娘の枕もとに座ったまま、暗い部屋をぼんやり見ていた。

電気ストーブの光が、床に赤い線を作って、そこらを照らしている。転がったペットボトルのお茶、乱雑に積み上げられた本や、椅子の背もたれにかけたままのGパンの皺が浮き彫りになって、ひっそりと息づいている。

鼻をかんだあとのティッシュの山を集めようとして、ふと、いろんな物たちが、静物画のように見えてきた。

部屋の中の空気は落ち着いて、小さな寝息をたてて眠っている娘になついている。

おそらくここは、彼女のからだからはみ出して出来上がった、彼女の世界の延長なのだ。

私はティッシュの山を崩す手を止めて、立ち上がった。

○月○日

「飛びかかってくるからね」と言って、ばななさんが玄関を開けると、犬の顔が目の前に飛んできて押し倒されそうになった。小さめの犬がもう1匹、足元で吠えたりにおいをかいだりしている。

コートも脱げずにまとわりつかれて、よくわからないまま部屋に上がると、お盆くらいのりっぱな亀が廊下の真ん中を移動していて、片手を上げているところだった。ラブ子は（大きい方の犬）、すかさず亀と私の間にすべりこんで行儀よく座る。顔は前を向いたままだけど、横目を使って私の視線を気にしているのがわかる。

「こっちを見て、わたしわたしわたしはラブ子、亀なんか見ないで」と、ばななさんが通訳を入れる。「ゼリ子（小さい方の犬）はね、もらいに行った場所にゼリー揚げっていうのがあって、豆腐のフライなんだけど」と話すゼのところで、すでに、ゼリ子はからだじゅうでばななさんの方を向いてしまっている。

それに感づいたラブ子が、こんどはばななさんめがけて駈け寄ってゆく。気がつくとゼリ子がそばにいて、上目使いに私の目を見ながら、口にくわえた黄色いボールをぽとんと落とす。軽く投げてやると、セーターのだんごみたいになって、全速力でどこへでも取りにゆく。

ところどころで、ばななさんは犬と会話していた。「そうなの、うんうんそうなんだラブ子は」なんて言って、頭を撫でまわしながら。

犬たちはいっしんな目をして、この部屋で起こることを感じている。亀の長さんは、風呂場の隅っこのくしゃくしゃになったマットの上がお気に入りだそうで、甲羅だけになって眠っている。

「あっ」とばななさんが小さく言ったのと同時だった。

ソファーで寝ていた犬たちがとつぜん跳ね起きて吠えに吠え、床を滑るみたいにして玄関に突進して行った。

何が起こったのかと思ったら、ばななさんのボーイフレンドが帰って来たのだった。

ラブ子はべろべろと口を舐めまわし、ゼリ子も負けずに足にしがみついて、長さんも首を出して玄関の方を見たまま固まって、ばななさんも、私も、みんながボーイフレンドの方を向いていた。

――そのあと、深夜スーパーで買い物してわが家でごはん会をしたメニューから――

「水菜のシャキシャキサラダ」

胸の中の泉。

○月○日
電車の窓の片側からまっすぐに光が射してくる。

朝の光は新しすぎて、通勤の人たちの背広やひろげた新聞のシルエットを、ただつっ立ってもぐらみたいに見ていた。

すべての輪郭が白っぽく光の中に溶けてゆきそうにおぼろだった。

私がよっぽどゆらりゆらりと揺れながら立っていたのだろう。J君が腕をつかんで、自分の方に引き寄せてくれたのを覚えている。

そんなふうにして、私は吉祥寺の駅に帰ってきたのだと思う。

その日は、時間がのびるだけのびて、3日分くらいの仕事と遊びを詰めこんだようないち日だった。

朝から料理教室の講師をして夕方には店にもどり、路上に立ってチラシ配りをして、焼きビーフンを作りチャンプルを作り、皿洗いをして夜になった。

久々に会う友人がやって来たので、それを口実に仕事を早上がりしてそのまま飲み始めた。誘われるまま別の飲み屋にも行き、長髪をゴムで結んだオランウータンみたいなマスターの早口のおしゃべりを聞いて友人を駅まで見送ると、店にもどって後かたづけを手伝い、スタッフのJ君たちと終電に乗って、朝までやっている焼き肉屋に行った。

私はすでに酔っていたと思う。なのにみんなのペースにくっついて、生ビールをぐんぐん飲んだ。肉もジャンジャン焼いてひっきりなしによく喋った。

明け方、なぜだか熱弁している自分に喋りながら気がつき、その途端、喋っていることの意味を忘れた。

頭の中はバラバラで、そのまま空いた皿の上につっぷしてしまいたいほど眠たかった。


吉祥寺の駅を出ると、朝陽に照らされた建物が並んでいた。

薬局の黄色いシャッター、電気がついたままの立ち食い蕎麦屋の看板を通り過ぎ、ふと、このへんに牛丼屋があったような気がして立ち止まる。

先週くらいに、牛丼を買って帰ったばかりだからよく覚えている。なかなか感じのいいおにいちゃんが働いているもんだと感心したのだ。店の中はあったかくて清潔で、出来上がるのを待っている間、ニール・ヤングがかかっていた。

カラスが黒い羽をひろげ、斜めに飛び交っているのがサッシに映っている。

おでこをひっつけて中を覗くと、むき出したコンクリートの壁でできた、そこはただの箱だった。肉を煮込んでいた大鍋や、あのおにいちゃんの気配は、ごっそり消えてなくなっている。


朝陽にさらされながら、私はひとりで歩いていた。くたびれて目玉だけの人になって歩いていた。

光が当たって、表面がつるつるして、ずらずらと並んでいるビルというビルが、ついたてのようにぺらぺらして見えた。ちょうど、学芸会の舞台に立ててあったダンボールの絵みたい。流行の服も、おしゃれな雑誌も、カフェの白い器も、壁紙になってビルにはりついている。

私が知っていると思っていたこの街は、買い物に夢中になっている人々の熱で出来上がっていたのか。建物も、洋服も、料理も、本も、音楽も、恋愛も、その熱にだまされて、美しいような、おいしいような、すばらしいような気がしていただけなのか。

いったい、人間が作り出したものや、人間が感じることって何なんだろう。

ビルの谷間に切り取られたぎざぎざの三角の空は、洗ったばっかりみたいなきれいすぎる水色だった。

じっと見ていると、奥行きがあって、じわじわと色が変わってゆくのがわかる。

今日もまた、これからいち日が始まってしまう。


歩きながらふと、見えた。

人力車が、城下町の低い街並みが、何もない焼け野原が見えた。

この道の下にある地面は、昭和も明治も江戸時代も鎌倉も、もっと大昔も、ずっとこの場所のままだ。

繰り返し繰り返し、この水色の空の下で、人々は同じように暮らしてきただけなのだ。

○月○日
フィッシュマンズの佐藤君が「バンビと反対だな」と、ひと言だけつぶやいた。

彼はよけいなことをあんまり喋らないから、私は自分の頭の中でその意味を考えていた。この世の中は、ディズニーの世界の反対なのだと私も思うと心の中でつぶやくと、黒いパーカーを着た佐藤君が、ニッと笑った。

ただそれだけの夢だった。

ゆうべ、買ったばかりの佐藤君の詩集を読みながら寝たからだなと思う。曲もいっしょに出てきてしまいそうになるのをこらえ、純粋な詩として読めるように、ひとつひとつの言葉の連なりを、初めての気持ちでじっくりと追っていた。

そのうちに、眠くなって寝てしまった。

—やわらかい泉があって、それが水を吸い込むと、ふくらんで—

泉はすべすべとした半透明で温かく、スライムみたいにつかみ切れない。それが胸の中でたゆたゆしてあふれそうになっていたので、ああこれが私に夢を見せたり、空想させたりするのだな、と感心していたら目が覚めた。

○月○日

友人の飼っていた猫が死んだ。

「もう老衰だよね」と、彼女はあっさり言う。

ひとりで暮らしていた時も、ちがう彼氏と暮らしていた時も、猫はずっと彼女のそばにいた。

猫と彼女の関係はとても自然で、年季の入った夫婦みたいに私には見えた。あんまり鳴かない猫だったし、彼女の方もばかみたいに可愛がらないし、いつもなんとなくそこに居合わせている感じ。

ごはんを食べなくなって、寝てばっかりになって、トイレに行こうとして途中でばったり倒れちゃったり。だんだん衰えていくのをずっと見てたから、もうだめだろうなって覚悟していた。なのにいざ死んでしまうと、実感がない。缶詰めを買って帰らないといと思ったり、戸の隙間を開けておいてから、あっと声を出してしまったりする。

「きのう寝る時に、猫がどこにいるのかなと思って寝たから」と友人は言った。

猫はとても元気で、すごくきれいな原っぱみたいなところで、犬をくわえて跳ねまわっていたそうだ。

「他にも動物がいっぱいいてね、川の中にいち列に並んだ猫たちが、口を水に浸けて、こうやって魚を獲ってた」。

首と口を突き出して、彼女は魚をくわえる真似をした。

「ステーキ丼」

別々の袋。

○月○日

まだ桜が咲いていないことに気がついたのは、八坂神社の横断歩道を渡っている時だった。東京よりも西にあるんだから、もしかしたら、ちょうど満開かもしれないと思っていたのに。

りんご飴だの焼きそばだの、看板を横目で見ながら境内を歩いて行く。灰色のシートをかぶせた出店の列が、なんとなく斜めに傾いて見えるのは、坂になっているせいだろうか。こんなことなら東京で、五分咲きの桜を見物していた方がどんなにかよかったか。

「あっ」と、小さくつぶやいて彼女が立ち止まった。

「これは山桜やねー」。頭を後ろにかくんと倒し、見上げている後ろ姿。見ると、白い花がひとつふたつ、蕾をほぐして開きかかっている。

神社の裏門を抜けると、低い家並みのこぢんまりした通りがあった。つやつやと黒光りする木の門は、どの家のも閉まっているけれど、隙間から緑のしっとりした空気が漏れてくる。

たぶん料亭か何かなのだろう、使い込んで飴色になったざるやせいろ、大きなすり鉢がスノコの上に干されている家もあった。古い家々はみな品格があって、雨上がりの道路はしっとりと濡れている。

もう桜のことは忘れよう。せっかく京都に来ているのだから。

景色に見とれているうちに、私たちは突き当たりの大通りに出てしまった。目の前には、三重だか四重だかの塔が、頼りなさげに建っている。

「前に来た時は夜やったし、やっぱりあの時も、ものすごう迷うてしまったの」と、彼女はのんびり言う。いちど泊まったことがある宿だというから安心してついて来たのに、道路のどちら側にあるかも怪しいらしい。

門の前でご主人が立っていてくれなかったら、また私たちは通り過ぎてしまったと思う。ひらがなだとばかり思っていた宿の名前は崩した漢字で、小さな表札にひかえめに書いてあった。

飛び石から足を踏みはずさないように、小股になったり大股になったりしてご主人のあとをついて行く。玄関を開けると、おかみさんが膝をついて出迎えてくれた。靴がいち列しか並ばない小さな玄関といい、急な階段といい、旅館というよりは京都の古い民家におじゃましたような、そんな感じの宿だった。

2階に上がって、奥の間の暗がりに荷物を置き、窓際の籐の長椅子に座ってみる。昔の小説家はこんな宿に泊まって、冬だったらこたつがあって、タンゼンを着こんでカリカリと原稿用紙に向かっていたかもしれない。火鉢のヤカンは湯気をたて、窓の外には小雪がちらついていたりして。

窓を開け、外にかかっている年代ものの簾《すだれ》をくるくると巻き上げてみる。

「見て見て向こうにお寺が見えるよ。明日は晴れだっていうから、もしかしたら桜はいっぺんに咲くつもりなんじゃないかねー」なんて言っていると、おかみさんがお茶を運んで来た。

慌てて窓を閉めようとしたのだが、サッシではないので、最後の5センチがどうしても閉まらない。

おかみさんは、「首に巻いた布がきれいでおす」、「どこそこのお寺で何十年にいちどの珍しいもんが見られるから、行かはったらええどす」、「今年の桜はゆっくりどすえ」などと言いながら、私の隣に座ったまま動かない。

向かい側の彼女は、けっこういい感じの話し相手になって、学生の頃ここいらにはよく来ていたんですなどと、京都弁でちゃんと返している。

お抹茶はなんだか粉っぽくてあんまりおいしくなかったけれど、私はもうぜんぶ飲み干してしまった。お菓子は、ひとつだけ残しておいた。

灰皿の下に敷いてある帯のような布は、金や銀の糸で細かい刺繍がしてあり、なんだかそれは、もうずっと昔から同じ場所に敷かれているような貫禄がある。

トイレの手作りの箱には、角もすっきり積み重ねられた白くて四角い落とし紙。手洗いのタイルの古めかしい色合いと、ふせられたアルミの洗面器。昭和の初めの懐かしい暮らしが、朝夕の雑巾がけで磨かれながら、少しずつ歳を重ねてここにある。

しかし私は、古い家というのはあちこち立てつけが悪いことを思い出した。彼女はなんでもなく風呂場の戸を閉めて出て行ったのに、私が出る時は、がたがたやっているうちに戸がはずれた。

翌朝は、早起きして電車に乗った。ガイドブックにも載っていない、茅葺《かやぶ》き屋根の集落に行くのだ。

トンネルをいくつもくぐり、渓谷を抜けて橋を渡る。窓の景色はどんどん移り変わり、桜のことを、私はやっとあきらめた。田舎へ入れば入るほど、蕾は固くなってゆくことがわかったから。

同じボックスの座席に、初老の紳士と、彼よりも少し若い婦人が座っていた。ふたりとも黒っぽいスーツを着て、学校の先生のようにも市役所で働いている人のようにも見える。

婦人の方は、ゆき過ぎる景色をじっと眺めている。紳士は私の側に座っているので、景色を眺めるふりをして横目で観察すると、婦人の顔を見てにこにことただ笑っている。時々、目を合わせては微笑む婦人。

ふたりが降りた途端、早く言いたくてむずむずしていた私の口が早口になった。

「あの人たち夫婦じゃないね、不倫かもしれない。膝がずっとくっついたままだったよ」。

ひと息に言うと、えっ何のこと？　という顔をして、彼女はふわっと首をかしげた。

何時間も電車に乗ってやっとこさ駅に着くと、いち日に何本もあるわけではないバスが、あと5分待てば来るという。大急ぎでトイレを済ましてお茶を買って、私は準備万端ととのえた。

しかし、バスに乗り込んでから念のため運転手さんに聞いてみると、茅葺き屋根の集落は想像以上に遠く、日帰りでは行けないという。

それで、さらにまたあきらめがついた。

途中の村でバスを降り、1軒しかない食堂でうどんとのり巻きを食べ、私たちはあてどもなく散歩した。

川沿いの道には、蕾の桜並木がどこまでも続いていた。根元の土にはフキノトウとつくしが満開で、畑で草を抜いている腰の曲がったばあさんに挨拶をして、スーパーで手造りの味噌も買えた。

私たちは、さっきと同じ運転手さんの帰りのバスに乗っていた。離ればなれの席に座って。

バスの中はガラガラで、ぽかぽかと温かく、窓を開けたら木の枝が顔をひっかきそうなくらいに迫った、夕暮れの山々を眺めながら。

この山々は、彼女には今、どんな風に見えているのだろう。

彼女の頭の中に残されるこの景色は、私と違うものなのだろうか。

人間の形をしたふたつの袋は、たぷたぷちゃぷちゃぷと、バスが揺れるのにまかせて別々の音をさせながら、くねくねゆらゆら山道を下って行く。

「桜の蒸しケーキ」

別々の袋…たち。

○月○日
同じクラスの男子が自殺をした。転校してきたばかりの子だったので、顔さえちゃんと思い出すことができないし、私はその子のことを何も知らないけれど、校庭の隅にある彼の部屋のことだけは知っている。前に別の子が住んでいた時、遊びに行ったことがあったから。

そこはキャンプ場のバンガローみたいな小屋で、窓がひとつあるだけの殺風景な部屋だった。

あの部屋の中に、暗い煙のような自殺のにおいがこもっているかと思うと、ただただ恐ろしかった。

だからT子に言って、今夜は彼女の部屋に泊めてもらうことにした。

「いい？」と聞くと、「いいよー」と笑いながら、しょうがないなあという感じでT子は答えた。

彼女の部屋にはすでにふとんがしいてあって、枕もふたつ並んでいた。T子は怖がる私の手をつないで寝てくれた。トイレに行くには横断歩道を渡らなければならないような、おかしな部屋だったけれど。

次の日、先生が「ほんとうの幸福はどこにあるんだろう」と、ホームルームの時間に言った。K君が椅子を倒しながら立ち上がって、「そんなもんねぇー！」と叫んだ。K君はクスリ漬けで、ジミヘンみたいな格好をしていた。よれよれになって床に倒れ込んだK君に、彼女のAちゃんが走り寄って行って、背中を撫でたりしている。

先生は店のマスターだし、登場人物はすべて一緒に働いているスタッフや、辞めていった子たち（ただし転校生を除いて。彼はほんとうに知らない子だった）。どうしてか夢の中での店は、学校だという設定のことが多く、ひとまわりも歳が違うのにみんな同級生で、私は学級委員長みたいな立場になっている。

だけどT子もK君も、先生もAちゃんも、キャラクターが夢の中でも変わらない。夢だから少しは突飛なことをするというだけで、それに繋《つな》がる元のところのその人らしさというようなものは、現実と変わらない。なんでだろうといつも思うけれど。

○月○日
『遠足』という映画を見た。ウィーンの森の中にある「芸術家の家」で、共同生活をしているおじさんたちのドキュメンタリー。

10人ほどのおじさんたちは、みんなプロの絵描き。それぞれ銀行の口座を持ち、絵の売り上げで暮らしている。

チルトナーさんは、宝クジをいち日3回買いに出かけるのが趣味のおじさん。紺色のカーディガンに革靴をはいて、つんのめりそうに山道を通う。

恋人に逢いに、バスに乗って出かけて行くおじさんもいるし、毎週欠かさず母親の墓参りに行くおじさんもいる。おじさんたちはそんな風に、好きなとき好きな場所に「遠足」にでかけて行く、というような映画。

陽の当たる食堂に、おじさんたちは気の向いた時に絵を描きに集まって来る。

大昔から自分の魂が生き続けていると信じているおじさんは、絵巻もののような大きな絵を描いている。窓ぎわでは、同じグラスのパターンを繰り返し描いている、寝ぐせの髪型のおじさんもいる。恋人がいるおじさんは裸の男女の絵ばっかり。チルトナーさんは、顔から手足が伸びた人間ばかりを描いている。墓参りのおじさんは、少女のような母親の肖像画。

椅子に座って口をぽっかり開け、宙をみているおじさんがいる。お昼の皿をきれいに舐め上げているおじさんもいる。

食堂は、昼間の図書館みたいに静か。

表われてくるものは、それぞれのおじさんたちの体に蓄積された何かなのだと思う。別々の心を持ったおじさんたちが、ひとつの部屋で、誰がいても気に止めずに、自分の絵の中に入り込んでいる。

夕方になっておじさんたちが寄り集まり、玄関の落ち葉掃きをしていた。みんなが薄い光を浴びながら、ほうきやちりとりを持ってひとつの作業をしているところ。ちっともてきぱきしていないし、顔はみんなぼおっとしているけれど、落ち葉の山は少しずつ小さくなってゆく。

逆光で、おじさんたちの体に黄色い輪郭ができ、光っていたそのシーンのところで、彼らの体がいろんな形の袋に見えた。

袋たちはそれぞれのスピードとやり方で、他の袋と絡まり合いながら、もこもこと動いていた。

○月○日

買い物に行くついでに、スーパーの隣の本屋に寄った。商店街の小さな本屋だから、いつもは店番のおじさんくらいしかいないのだが、今日は先客がいた。

「クリスマスのよるに、おかあさんはケーキをやきました。ケーキには、ろう、ろう、ろうそくもたててくれました」。

彼のことはよく見かけるし、別に悪さをするわけではないのがわかるから、私は気にしないふりをして、自分の見たい本を探していた。本読みの練習をしているんだなと思えば、彼の行動は理解できるし、体は大人だけど気持ちは子供なのだから、別にたいしたことではないと思っていた。

店番のおじさんが、「ぼく、声を出さないで読みなさい」と言った。

「声を出して読んだ方がいいんでしょ」と彼は言いながらも、「はい、わかった。読まない」と、口の端っこに泡を立てながら言った。大きな体にリュックサックをしょって、確かにそう言った。なのにすぐにまた続きを読み出した。「おかあさんはぼぼぼくのために、ケーキのおさらをもってきてくれました」。

その時私は店番のおじさんの気持ちになったので、一瞬むかっ腹が立った。おじさんは立ち上がって、「声を出さないで読みなさい。他のお客さんに迷惑だろ」と声を荒らげた。ぼくは大慌てで店先に逃げて、こんどは雑誌をめくって読み始めた。

その時私はぼくの気持ちになったので、おじさんが怒っていることはわかるのだが、何で怒られているのかわからなくなった。だって本を読むことは良いことだし、声を出して読みなさいと、先生はいつもぼくに言うもの。

ついにおじさんはぼくを追いかけて来た。ぼくは怯《おび》えた目でおじさんを見ながら、「じゃあこれを読む」と週刊誌をつかもうとして振り払われた。ほとんど追い出されそうになって、「じゃあ、じゃあぼく自転車を読もうかな」と叫ぶ。

見ると、ぼくは店先にとめてある自転車のハンドルをつかんでいた。私は、ぼくの気持ちがわからなくなってしまった。

4畳半の夢。

○月○日

ふとんに入ってから痛くなった。タオルで冷やすといくらかいいような気がするのだが、うとうとすると痛みに叩き起こされる。

炒めものの油がはねる事はよくある。いつもなら反射的に体がよけたり、直前に目をつぶったりするはずなのに、いったいあの時の何が悪かったのだろう。

くどくどと考えているうちに、カーテンのむこうの色がだんだん変わってきた。トイレに行くついでに鏡をのぞいてみたら、なぜかちがう方の目も腫れ上がり、ほっぺたの方までふくらんでいる。

ゆうべの救急病院はとても大きな建物だった。テレビの画面を黙って見ている患者さんたちに混ざって、空港の待合室みたいなところに腰掛け、順番がまわってくるのを私はひたすら待った。

目に油が入ったくらいで、夜中の救急病院になんか来てよかったのだろうか。

「うん、これは眼球火傷ですね。眼帯をしないで治すのがいちばん早いですね。目薬を出すので、今夜はちょっと痛いけれど我慢してくださいねえ、たぶん2、3日で良くなるでしょう。はい、もうよろしいですよ」。

その診断に、私はあっさりと楽観的になってしまった。

痛いのは少しは覚悟していた。だけど腫れるとはひと言も言われなかったから、冷やしたのが悪かったのかと気になって、タオルをはずしてみたりのっけたり、ますます眠れなくなった。

頼みの綱は、もらった3つの目薬だけ。これさえ真面目にさしていれば、明日にはきっと楽になる。


朝になってもやっぱり痛みが治らないので、近所の眼科に行くことにした。

夫の腕につかまりながら、うなだれて小股で歩く。夏の光がまぶしくて目を開けていられない。

受け付けの若い娘は、私の腫れた目を見ると、予約もしていないのに早い方の順番に混ぜてくれた。さっそく、じいさん先生が痛み止めの目薬をさしてくれる。それから器械の前に座らされ、目玉を覗きこまれたり、また別の器械で目に風を当てられたりした。

視力を計ると、左目はほとんど見えなくなっていた。黒目の表面がかなりの傷になっているそうだ。ためしに救急病院の先生からもらった目薬を見せたら、それは治りかけにつける薬で、今の段階でつけても効き目がないのだという。油っぽい薬を目の中に入れられ、眼帯をして帰って来た。

眼帯をしてくれた看護婦さんの手は、石鹸のにおいがして、声もさわり方も指の肌もやわらかだった。あさってのテレビの収録は断わった方がいいのか、その翌日のカルチャーセンターの講師はできそうなのかとか、すっかりパニクってしどろもどろの私の質問を、受け付けの女の子は最後まで聞いてくれた。

目が見えなくなると、耳が良くなるのかもしれない。いろいろな人の声の出し方や微妙なトーンが、弱気になっている私のこころにじかにぶつかってきた。

しゃべり言葉の意味のまわりには、たくさんのヒダヒダがあって、それが湿って潤って吸いついてくる人もいれば、砂ぼこりのような人もいた。

体じゅうが悪い目のようになって、私は眠り続けた。

目は痛いけれど、新しい目薬をさして、あとは寝ていれば良いとわかったから、ぼろぞうきんのようになってふとんにはりついていた。

○月○日
友人の店で、カウンターに座って飲んでいた。お客さんが入って来るとドキッとして、ふたりして入り口をみつめてしまうのは、まだ始めて2週間だからしかたがないけれど、それにしても私が夕方からここにいて、入ってきたお客さんはサラリーマン風の若い男の子ひとりと、初老のカップルだけだった。

閉店時間も過ぎ、もう誰も来ないだろうと思って彼女と差し向かいで飲んでいたら、「まだいいですか?」と男の子が入って来た。自分の店でもないのに、とっさに私は「どうぞ」と言ってしまう。

何度か来ているお客さんらしく、彼女も「1杯だけなら」と招き入れた。隣に座られると、ついいろいろと話しかけて相手をくつろがせようとするのが私の悪い癖だ。彼はギターを弾くのが好きで、今はフリーターをしながら時間を作っている。と、そこまではさわやかそうな話だったから、年上のおねえさんらしく、なんだかんだと相手をしていた。こっちの目を見て話さないのが少し気になったけれど。

トイレから帰って来たら、「もしかしてすんごい人なんですかー？」と彼が言った。たぶん彼女が何か言ったにちがいないのだけれど、なんとなくいやな感じがした。自分のお化けがこのへんにいるような気がした。

なんでここにいる私に話しかけてこないのだろう。なんで隣にいるのに、彼のことが少しも伝わってこないのだろう。

彼はジャズをやっていて、ジャズは他の音楽と比べていちばん優れているという話題や、一流のミュージシャンがどうしたこうしたという言い方も癇《かん》にさわった。

酔っ払ったついでに、「どういう人のことを一流って言うのか、自分の頭でよーく考えてから口に出した方がいいよ」と、私が言い切らないうちに隣から音が漏れた。テープを早回ししたみたいなその音は、「ああもうだめだ」と言った。驚いて彼の方を見ると、彼は相変わらず宙を見ながら、何事もなかったようにビールを飲んでいた。

○月○日
朝起きてみると、すりガラスの向こうは共同炊事場になっているらしかった。男の子が歯を磨いているのがぼんやり映っている。

私は、屋根の上から拾ってきたコーヒーカップをよく洗って、自分専用にした。ふとんでもなんでも、この4畳半にあるものを使っていい。

歯を磨いている男の子のことも、他の部屋の人たちのことも、誰ひとりとして私は知らないし、むこうも私のことを知らない。

だからおはようの挨拶も、軽く頭を下げ合うだけ。

コンロの上に鍋をのせて、誰かがご飯を炊いている。蓋をしないで炊いているから吹きこぼれそうになっている。蓋をした方がいいのにな。

誰も私が何の仕事をしているのか知らない、その心地よさ。

今日から図書館で、ア行から順番に本を借りてこようかと、新しい生活の計画を立てている。


「おかかバターライス」

できること。

○月○日

半熟玉子を手で割って、トロリとした黄身のところがおいしそうと思いながら、軽くすった胡麻をふわっとふりかけ持っていく。

すると手が伸びて、スタイリストのTさんがテーブルの上に置く。H氏はすでにレンズをのぞいていて、すぐにシャッターを押し始める。彼の視線の矢印は、きっと黄身のところにささっている。

次の料理の準備をしていてふと気がついた。

今日の人たちはいちいち「ありがとうございまーす」と誰も言わない。そのかわりみんなで料理をつついているから、撮り終えたんだなとわかる。H氏なんかカメラを置くと犬みたいに寄ってきて、いちばん最初に食べている。

撮影はまだ残っているのに、1枚撮るごとにそう言うのはどうしてだろうと、いつも思っていた。まわりのおしゃべりはとりとめもなく続いて、タクシーの運ちゃんに世間話をするみたいに、カメラマンにまで話しかけていたのに、終わったとたんにそう言うのだ。私にはそれが、「はい1枚終わりましたー。あと何枚でーす」というかけ声に聞こえる時がある。

Tさんは、「高山さんの体を借りて遊んでいる感じ」と言う。私を題材にして、ページをイメージしながら、器やクロスを選んでくれる。

ふたりの組み合わせと仕事をするのはほんとうに久しぶりだったから、私は忘れていた。何の迷いもなく料理を作り、器に触発されながら盛り付ける。そして腹ぺこで喰いつくようにシャッターを押してもらうということ。それぞれは自分にしかできない作業をしているけれど、3人ともが同じひとつのことに向かっているということ。そこにいると、いろんなアイデアが湧いてきて、撮影以外の料理でもむこうみずにどんどん作り出せそうな気になる。

撮影が終わってTさんの家にお邪魔した。台所でつまみを作っていると、彼女は大テーブルの足をどけて床の上に置き、洗いざらしの白い座ぶとんを並べた。箸とナフキンの入った箱を用意して、取り皿もいろんなのが山積みになっている。

プライベートでもついやってしまう彼女のスタイリング。どこかの旅館か料亭にでも来たみたい。

大テーブルの上には涼しい風が通り抜け、みんな素足をのばして飲み始めた。

つまみがなくなりそうになると、はまぐりのワイン蒸しをした。それだけでは芸がないので、サラダ仕立てにした。飲んでいる時くらい別に工夫しなくていいのにと自分でも思う。

H氏の肩が隣でちょっと動いたら、Tさんはおしゃべりの口を止めずに赤ワインの栓をぬいた。次のもその次のも、そうやって栓を抜いた。

私は酔っ払った頭でふたりの様子を見ていた。まるで年季の入った夫婦か、動物の兄弟みたい。だけどテレパシーのようなふたりのその呼吸は、撮影の時から変わっていない。

何本の空瓶が転がっていただろう。ベランダの外ではカラスが鳴いて、もうすっかり白っぽくなっている。

気がついたら、器の人とカメラの人と料理の人は、片足をテーブルの上にのっけて足の裏を比べていた。

真ん中にはアロマが焚かれていて、消えそうなキャンプファイヤーの灯火を、3人で囲んでいるみたいだった。

○月○日
商店街に行く途中に八百屋さんがある。店先には、陽に焼けたおじさんがいつも立っている。夏は焼けた顔と同じ色のはちまきを巻いて、冬にはそれが帽子に変わる。

そこの野菜はぜんぶビニール袋に入っている。ひと袋ごとにザルにのせられて並んでいるのだが、ビニールがくもっているので、中の野菜が新しいのかどうかわからない。

そしてビニールがくもっているのは、野菜の土のせいなのか、それともほこりをかぶっているせいなのかわからない。かといって特別に安いわけではないので、いつも私はここでは買わない。

それでもおじさんはいつもそこに立って、道行く人を眺めている。

店の向かいは納屋のようになっていて、ごぼうやらじゃがいもやら、色の黒っぽい野菜ばかりを並べて売っている。

時々、おじさんは道路を渡って納屋の前に立っている。納屋も焦げ茶色だし、おじさんの顔も服も同じ色だ。

誰かがここで野菜を買っているのを、私は見たことがない。

スーパーの袋から飛び出したねぎや大根が、店の前を通り過ぎるのを、おじさんはどんな気持ちで見ているのだろう。

それでもおじさんは同じ顔をして、毎日店の前に立ち、時々野菜をひっくり返したりしている。


「はまぐりのサラダ仕立て」

頭の中の外のこと。

○月○日
音を立てて雨が降っている。

雷が鳴ったかと思うと近くに落ちたような大きな音がして、また重なるように次の雷が鳴り響く。

こんな中、人は外を歩いてはいないだろう。電車も止まっているだろう。世の中はどんなことになっているのか。もしかしたらたいへんなことになっているんじゃないだろうか。

遠くで救急車の走る音が聞こえている。

窓を開けて様子を見なければと思いながら、私は起き上がることができない。

雷が鳴るたんびに頭の中の耳がびくついているけれど、だけどもしかしたら、これはぜんぶ夢なのかもしれないとも思って寝ている。

○月○日

マンションのドアを開けると、半ズボンの裾をめくったS君が汗まみれで立っていた。「今うんこさせたとこ。風呂にも入れちゃうからさ」と言いながら、たんすから着替えを出すと、すぐに消えてしまった。

居間には大きなテレビがあって、森田健作が大写しになっている。「煙草でも吸って待っていて」と言われても、ガラスの灰皿は使っちゃいけないみたいにきれいに洗われている。

森田健作は何かについて怒っているようで、同じ場面が何度も映る。アナウンサーもそれに合わせ、同じことを繰り返し説明している。指でうんこをほじくり出しているS君の横顔や、体を洗ってあげている様子が頭に浮かんでくる。

S君が母親といっしょに暮らし始めてふた月が経つ。

ここのところ、掃除、洗濯、おさんどん、その他もろもろの世話に追われているというので、様子を見がてら晩ご飯を作りに来た。

ふすまが開いて、風呂上がりのお母さんが立っていた。足もとが頼りないらしく、後ろでS君が支えている。彼も男にしては大きい方ではないけれど、お母さんはもっと小さく色白で、S君が黒くたくましく見えた。

ソファーに座ると体がふたつ折りに前かがみになって、ますます小さくなったお母さんは、「わたしは知らないふりをしているの。この子に怒られてもね、わからないふりをしてると、何度も何度も教えてくれてね、お母さんだめじゃないここつかまってないとって怒られるの。だけどその方がらくだから、ぼんやりしたふりをして、わざと怒られてばっかりいるの」と、台所にいる息子には秘密のように言って笑う。

冷蔵庫には毎日の献立表がはってあり、今日のお昼はタヌキそばと書いてある。きのうの晩ご飯は、枝豆の白和えと焼き魚と大根のお味噌汁。

S君が、毎日工夫しながら作っているのが、冷蔵庫の中をのぞくとよくわかった。小さくなった大根や、人参や、ねぎの青いところまで、最後まで残さずちゃんと使えるように、1種類ずつ袋に分けてしまってある。

調味料もひと通りあるのを確認してから、スーパーに買い物に行って、松茸の安いのと生いかとモロヘイヤを買って来た。

お母さんは細い股《もも》の上にランチョンマットを敷き、股の間のへこんだところに松茸ごはんと小さいお皿を並べて、小鳥のように食べている。

ちょっとずつのいろんなおかずを、息子が順番に取り分けてくれる。そしてモロヘイヤの梅和えを、「まだ食べてないね」と言った。

ほんとうは、「これはおいしいねえ、初めて食べた。なんてえのこれ？」とさっき言っていたばかり。何も言わずに息子が取ってやると、ツルッとすすって、目の下のたるみを震わせゆっくり噛んでいる。

ほんの今さっき料理したものが、お母さんの細いのどを通ってゆく。

私なんかの作った食べものが、85年も生きてきたひとりの人の体の中にゆっくりと入ってゆく。モロヘイヤを、大きな葉っぱのままでなく、細かく包丁でたたいておいてよかった。

お母さんにお会いしたら、聞いてみたいと思っていたことがある。S君のお父さんは、S君が小学生の時に胃癌で亡くなったことは聞いていたけれど、やっぱりS君みたいに、頑固だったのかどうか……

「忘れちゃった」。

うっかり魚を焦がしちゃった。気に入っていた器を割っちゃった。また遅れちゃった。道を間違えちゃった。時計の針が動く時の音のように、歯切れのいいお母さんの「ちゃった」の発音。

そのまま笑う口の形になるあの言い方で、お父さんのことは忘れちゃったと言った。

「そうそうそう言えば、昔工場の方で働いてた若い男がね、怪我をして売り場に転がり込んで来たの。血だらけで苦しそうでねえ。手をこうして機械にはさまれて、指がちぎれちゃったの。かわいそうだったわよー。でも手がなくなってからも、仕事に来ていたわよ」。その場面をまざまざと、今思い出したように、お母さんは顔を真直ぐに立てて言う。

ごはんが終わって、「美しい日本の歌」のビデオをかけた。デューク・エイセスや小鳩くるみが歌っているのに合わせ、お母さんは高いきれいな声で歌う。伴奏と風景はカラオケみたいだけれど、歌詞が画面に出てこない。なのにお母さんはひと言も間違わずに歌っている。

「月の沙漠《さばく》」「七里ヶ浜の哀歌」「鐘の鳴る丘」と次々に歌う声は、得意そうに私たちに聞かせているふうでもなく、はな唄というのでもない。歌うのが好きで、前奏が鳴り始めると自動的につらつらと歌ってしまう感じ。

うちの祖母が、百人一首をそらで全部言えたのを思い出した。節をつけながら朗々と唱《とな》えては、ひと呼吸おいて次のを唱える。首をまっすぐに伸ばし、あごを少し上に向けて。それは、とても気持ちが良さそうだった。

デザートのあんみつを食べながらまた昔話になった。S君の家は火事にあったことがあるそうだ。その時の火傷が彼の足の甲にまだ残っている。まだほんの子供だったから、お母さんが何かを取りにもどったのについて行って、あひるの絵がついた青い長靴が溶けて張り付いたのだという。

「あらまあほんとだ」と、火傷の跡を初めて見た私と同じように、お母さんも感心してのぞきこんでいる。

火事のことも忘れちゃった。お父さんのことは名前も忘れちゃった。息子たちの名前も時々とりちがえて言ってしまうの。

「だけどもそう言えばね、昔工場で働いてた若い男が、怪我をして売り場に転がり込んで来てね、血だらけでかわいそうだったわよ。手をこうして機械にはさまれて、指がちぎれちゃったの」。

「モロヘイヤの梅和え」

人のかたち。

○月○日

せっせと皿を洗っていると、厨房の外にJ君が立っていた。

「元気すかー、高山さん」と言って、いつもみたいにニーッと笑う。

私はとても懐かしい気持ちがこみ上げてきて、J君のことを見ている。

彼が店を辞めてから、実際にはまだひと月も経ってはいない。毎日のように顔を合わせていたのに途端に会わなくなったものだから、ぽかっと忘れていたけれど、J君の醸《かも》し出す彼らしさというようなものが、姿を見たらリアルによみがえってきたという、ただそれだけの夢だ。

だけどそういえば夢の中のJ君は、衿のつまった黒いシャツなんていう、ほんもののJ君が着そうにない格好をしていた。ずっと坊主頭だった彼は、最近は金髪に染めていて、根元の毛が伸びてすこし黒くなってきた頃に辞めて行った。

なのに、夢の中の天然パーマみたいな黒っぽい髪の毛と長いまつ毛が、相変わらずJ君てかわいいな、と私は思っている。

しかもよく思い出してみると、彼は疑いの余地なくJ君だというのに、まるでJ君の体を切ったら中から出てきたみたいな、顔も姿も全然ちがう見たこともない男の子だった。

○月○日
大道あやさんは91歳のばあさん画家。山の中で、鶏や犬たちと暮らしている。

「海老の殻みたいなもんが毎日むけてね、固い皮がみっつほど。それをはがしてこうやって、置いとったですよ」。

原爆のことを少しずつ思い出したあやさんが、がらがらした声で言って笑う。

60歳から絵を描き出したあやさんは、いろんなきれいな色を使って、庭の鶏や犬や猫、裏山に生えている草花の絵などをたくさん描いてきた。けれど、今まで原爆の絵だけは、ただのいちども描いたことがない。

あの日はとても良い天気で、あやさんはシーツを干していた。白いシーツのおかげで命は助かったけれど、干している時にはみ出していた指のところが3本焼けた。

「ピカ、ドンッていうけどね、ピカ、ガラガラガラっていうえらい大きな音がするの。わっちらの方ではね、ドンじゃあないの。遠くの方ではドンて聞こえたんかもしれんがね」。気がついたらかぼちゃ畑に飛ばされて、腹ばいになっていた。焼け焦げたトタンやいろんなものが飛んできて、そのうち大きな釜が目の前に落ちてきた。

ここのところは前にあやさんの本（『へくそ花も花盛り』福音館書店）で読んだことがある。「ハハア、これは、これでものを炊いて何かたべもんを出せゆうことじゃな」と思い、畑から焦げたかぼちゃを取ってきて、塩水で煮てかぼちゃ汁を作り、怪我をした人たちにふるまった。まわりはどろどろに火傷している人たちや死んだ人だらけなのに、自分も髪の毛が焦げてなくなっているというのに。

本を読みながら、あやさんの姿を思い描いていた。太っていて骨太で、へこたれない体が、かっぽう着を着て立ち働いていた。

あやさんはここ10年ほど絵を描いていない。描く気力が衰えてきたからやめていた。兄の丸木位里さんが死んで、いっしょに描いてきた奥さんの丸木俊さんも今年（二〇〇〇年）になって死んでしまったので、そろそろ自分が原爆を描く番になった。その悲惨さを世の中に伝えないとというようなことをテレビのナレーションの人は言っている。

だけど、ほんとうはテレビの人が描くように勧めたんじゃないかなと私は思う。目の前にいるのは、深い皺だらけのほんの小さいばあさんだ。その体に沈んでいる、追い出しても追い出しても出てゆかない景色のことを、今まで原爆を描こうとしなかったそのわけを、番組を作った人たちは、皆みくびっているような気がした。

あやさんは、口をぎゅっとつぐんで皺を寄せ、衰えた目をこすりこすり絵を描き始めていた。

黒い雨のところでは、鉛筆の細い線をびっしりと描きこんだ。質感を出すために、上から黒い墨をのせる。

兵隊さんたちが頭からすっぽり毛布をかぶり、みんな手をお化けの格好に垂らし、ヒーヒー泣きながら行列してゆく。けれど、あやさんの絵は子供が描いたような無邪気なタッチで、兄夫婦が表わした絵のようにおどろおどろしくない。

火傷をした手を診てもらおうと、竹藪《たけやぶ》の中の病院に行った時のこと。そこには真っ黒になった死にそうな人たちが、ずらりと寝かされていた。

絵を描くことは、あの日のことを思い出す作業だ。描きながらその時の生の気持ちも思い出す。

最後の1枚は、爆心地に近い場所に行った時の絵。焼けた死体はほとんど肉らしいところがなく、骸骨みたいな骨が出ていた。目も鼻も口ももげて穴があいているけれど、なぜかみな頭だけはついていた。黄色いクレヨンで骨だらけの死体を描いて、上から灰色の絵の具を薄く塗る。

「気持ちの悪いところでしたよ。これはこれぐらいでやめとこ」。

そう言って、あやさんは描き終えた。

翌朝、その絵は滅茶苦茶なことになっていた。描いた絵をぬり消すように、上から鉛筆の線をこすりつけてある。

「ずいぶん激しい絵ですね」と、テレビの人がとんちんかんなことを聞く。

「この絵は、どうしょうもないところがあるの。この目に、そのものを見おって、じいっと見おったから」。

あやさんの息が荒くなり、はっきりと声が大きくなった。

あやさんの体が透き通って、皺の中にある目の裏側まで、あの景色が、びっしりとせり上がってきたのが見えた。
「この人たちは、行くところに行っちゃあおらんの。生きたまま死んだんだ。迷うたまんまなの。描けないからこういうことになるの。さいしょから、いやでいやで。思い出したくなくて。他の絵だって、どうしようもないところがある。もう、はあ、これでおしまい！」。

「かぼちゃと鶏肉の味噌スープ」

むすぶ景色。

○月○日

とりあえず、赤い毛糸を買いに行かないとと思って、慌てて学校を飛び出してはみたけれど、行けども行けども店がみつからない。

確かこのへんにデパートがあったはずだと角を曲がってみても、そそり立つビルディングはどこかの会社のようで、背広姿のおじさんたちが出たり入ったりしている。

いったい私はどこの街にいるのだろう。なんとなく見知った街並なのに、初めて降り立った駅前のよう。そもそも、赤い毛糸と繰り返し頭の中では思うのだけど、なぜ赤なのだろう。そしてその毛糸で私は何を作ろうというのだろう。

早く学校にもどらないと叱られるし、もどったからといって、別にたのしみなことがあるわけでもない。

捜しても捜しても店がみつからない気持ちと、何をしたいのかわからなくて、何のために学校に行っているのかわからない気持ちは同じ気持ちだな、と思いながら目が覚める。

〇月〇日
埋め立て地特有の、真新しい駅に私たちが降り立った時には、もうとっぷり日が暮れていた。

セイタカアワダチ草の空き地、遠くに見える観覧車の電気。青白い街灯が、まっすぐな道路にきちんと立ち並んでいる。風には海のにおいが少し混じっていて、どこまでもこんな道が続くのも悪くないななんて思い始めた頃、黒い巨大なテントのようなものが見えて来た。

入り口は市場のようになっていて、人がいっぱい集まっていた。出店に囲まれた小さな広場があり、真ん中で火を焚いている。開演まではまだ充分時間があるから、お客さんたちは思い思いの格好でそのへんにしゃがみこみ、ビールを片手に鶏のもも肉に喰いついたり、モンゴル風の薄焼きパンに肉をはさんだものや、キムチチャーハンなんかをほおばっている。

あちこちで上がる笑い声やおしゃべりは、これから始まることを待ちわびている、皆の同じ気持ちに混ざり合い、広場じゅうが賑わっている。

大根やごぼう、細いもやしの入った塩味の牛スジスープを私は食べた。「おーきに」と、首を傾《かし》げて微笑む、売り場の女の子のなつっこい感じ。二日酔いで寝不足の胃袋に、それはほんとうにおいしかった。

暗い舞台からせり上がるようにして、客席が並んでいる。骨組みがむき出した難破船の中にいるような、古代の円形劇場の片すみにいるような、吹きっさらしの荒野にいるような。

雨が降ったら、ここはどうなるのだろう。だけど、皆で傘をさしながら見るのもなんだかいいような気がする。

マフラーをぐるぐる巻きにして夜空を見上げると、月はもうずいぶん高いところに昇っていて、焚火の煙と混じった雲が、時々うっすらとかかったりしている。

暗さに目が慣れてきたのかと思っていたら、どうやらそうではないらしい。少しずつ少しずつ、わからないくらいに明るくなって、舞台が姿を現わし始めていた。

黒っぽい四角い箱が、それでもまだぼんやりしてよくわからないけれど、前の方に並んでいるのが見える。

と、どこから出てきたのだろう。気がつくと白い少年少女たちが、あちこちでめらめらと箱の上に立ち上がり、それと同時に、舞台は完全に明るくなっていた。

巨大なセットの、あまりの奥行きの深さに驚いている間もなく、林立するあちこちの黒い箱の上で、少年少女たちはもう踊り始めている。

総勢30人はいるだろうか、そのひとりひとりが声を出し、微妙にずれて踊るのだけど、全体でひとつの流れのような、ひっくるめて何かを表わしているような、わけのわからない統一感がある。

頭の上をとつぜん飛行機のプロペラの音が通り過ぎ、彼らの動きがはたと止まった。戦争の爆撃でやられた少年少女たちの幽霊が地面の中から這い出して、廃墟の中で踊っている。黒い箱はお墓の群れなのかな。と、最初私はそう思った。

彼らが口々に発する短い言葉は、意味があるようで意味がない。音楽のように音声があり、床を踏みならす音と混じって、気がつくともう次の場面に移っている。合いの手のように入る生演奏が、耳の中を触ってくる。

そのうちに私の頭は、ストーリーや意味を考えることができなくなった。彼らの動きと声と音楽の波から目が離せなくて、そのスピードについてゆくのには、ただのめりこむしかない。

とてつもなく大がかりな「作りもの」を目《ま》の当たりにして、自分の心臓の動きや、血液の流れや、腸の収縮も総動員させていっせいにそっちに向きならい、彼らのビートに呼応しようとしている。

こんなもの初めて見た。わけもなく、いったいどういうわけなのか涙が出てくる。


脳のどこかに紙切れが貼りついていたのだと思う。

紙には「維新派」と書いてあり、何か強く惹かれるものの記号として、これは忘れてはいけないよと私が自分で貼っておいた。

それはある日読んでいた、ばななさんのエッセイ集から切り取った。だけど1冊読み終わる頃には、他のいろんなことが頭に詰まって、もう「維新派」のことは忘れていたと思う。

だから何日もしないうちに、誰かの口からその記号が漏れた時は驚いた。あるライブに出かけて、その打ち上げの席でのこと。

「明日は、イ、シ、ン、ハ、を見に行こうかどうしようか迷ってるとこ」。

ガヤガヤと騒がしい中から聞こえてきた声は、まるで自分に糸電話がかかってきたみたいだった。それで、そのまま飲み明かして、着の身着のままの格好で翌日の新幹線に乗り、糸電話の相手に大阪まで連れて来てもらった。

「維新派」という劇団が、おもに大阪でしか演らないこと。舞台のセットを組み立てるのも壊すのも、劇団員が自分たちで全部やってしまうということ。そういうことにもちゃんとした理由がある気がした。

いろんな考えを持った人や、いろんな性格や、いろんな体質や、あれだけの頭数がいるのだからそれはそれは様々なはずだ。

けれど、彼らひとりひとりの中には強力なビジョンがあって、その先に見えるひとつの景色を共有している。気が遠くなるほど積み重ねられるだろう激しい練習は、その景色を一寸の狂いもなく、どんどん確実なものにしていくためのものだと思う。

やりたいことが、やらねばならないことが明確にわかっている集団。だから同じ景色が観客ひとりひとりの頭の中にも届いて、像をむすぶのだと思う。

「モンゴルの平パン」

あとがき

読み返してみると、文を書いていた頃はほんとにいろいろあったようで、自分のことながらたまげます。

折々に、いちばんひっかかる出来事や考えたことを、日記の形にして書いてきたわけですが、厄年か？っていうくらい私のまわりでいろんなことが起こりました。

けれど、そういった空気のようなものを、自分でもおびき寄せてきたような気もします。自分の中をダイビングして夢中で書いていたら、結果、ずいぶんと濃い毎日を生きてしまったようなのです。

文を書くということには、そういうからくりがあるような気がしました。

そして、「高山さんの料理ってどんな時にアイデアが浮かぶんですか？」とよく聞かれます。文の最後につく料理は、日記のおまけとして考えたものです。

まるで料理とかけ離れたようなことにも思える、ふだんを生きている中から、何かと何かがからまって私の新しいレシピが生まれてくるということを、こうやって本にまとめてみてはじめて、自分でもそのからくりがわかってきた次第です。

今は平穏に暮らしておりますが、実は夫の糖尿病がさいきん発覚しました。料理家のくせに、夫のごはんをないがしろにしてきた結果です。

いつか、「高山なおみのおいしい糖尿病」なんていう本が出たら、笑ってやってくださいっていうくらい、まじめに夫のごはんを作っている今日このごろです。

この本にかかわってくださった皆様、ほんとうに感謝しております。

そして読んでくださった方、どうもありがとうございます。

もしよろしかったら、料理も作ってみてください。

2001年2月

高山なおみ

文庫版のためのあとがき

この本は、8年前に出ました。雑誌の連載で書いていたのはさらに前なので、本の中の出来事は、実際には9年から13年前のことになります。

そんなひと昔前の本を文庫にしていただけるなんて、とてもありがたく思います。

この間には、私にもいろいろなことがありました。出会いは数珠《じゅず》つなぎのように連なって、新しい場所に出かけ、初めての仕事をし、本もたくさん生まれました。

たまに自分の本を読み返すこともあるのですが、この本に限っては、まったく読めない時期がありました。30代の自分にしか書けない感性が刺さってきて、くすぐったいような、あんまり思い出したくないような。

人は、変わるものですから。

去年は、映画の料理監修の仕事をしました。ハワイ島でひと月以上暮らしながらの撮影です。何もかもが初めてで、私はすぐに夢中になりました。

それで、なり振りかまわず動きまわり、気持ちのままに声を出していたら、見たこともない自分が出てきたのです。

それは長いこと体の中にしまわれていたもの、子供の頃から持っていた自分の原形のようなもので、心当たりがないわけではありません。

歳を重ねることで別の場所に行ったわけではなく、私は、ひとまわりして戻ってきたのかもしれません。

フィッシュマンズの佐藤君が亡くなってから10年が経つけれど、私の中の佐藤君はあの時のまま。そのことと同じように、自分にとってのこの本は、年をとらないような気がしました。改めて読み返してみて、そんな風に思いました。

たぶんそれは、この本が私の原形から発しているからだと思います。

ヒトの形になる前の、というか、ヒトという服を着る前の体。骨でもないし、筋肉でも内臓でもないもの。何かふぬふぬとした原始的な粒みたいなもので、多分ばあさんになっても、死んで体がなくなっても、私の中からなくならないもの。この本を書いていた時期、きっと私はそのふぬふぬが何なのか、それればかりを探っていたような気がするのです。

最後まで読んでくださった皆さま、ありがとうございました。
そして本に登場してくれた方々、とくにH子とJ君に、心から感謝いたします。
煙草はスッパリやめました。ご安心ください。

高山なおみ

2009年2月

ココナッツミルクの冷たいお汁粉　P32

眠れない夜のカクテル　P97

サクラ・ムース
P91

豆腐飯　P84

残り物のハンバーグサンド　P104

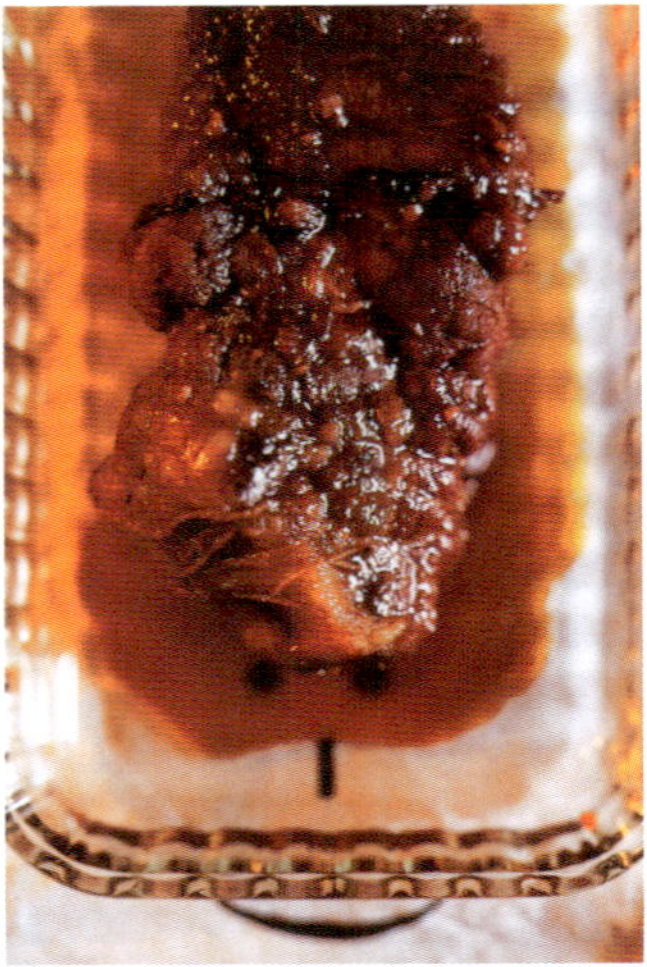

彼女の焼き豚　P44

はまぐりのサラダ仕立て　P195

かぶスープ　P157

とろとろハーブゼリー　P150

「落ちこんだ日のスープ」 4人分 P.014

①とりガラ1羽は熱湯をかけまわしてくさみを取る。
②大鍋に7カップの水と①のとりガラ、しょうが1片、にんにく1片、長ネギ½本、その他のくず野菜（にんじんのヘタ、大根のしっぽ、キャベツの芯などなんでも）を放りこみ強火にかける。
③白いアクが浮いてきて沸騰したら弱火にし、アクを取りながら煮込む。スープの表面が静かに沸いている状態を保ちながら3〜4時間煮る。
④ざるでこしてひとつかみの米を加え、米に芯がなくなるまで煮る。塩のみで味つけし、ごま油を少々落として熱いうちに食べる。

「シンプルなビスケット」 23枚分 P.020

①室温で柔らかくしておいたバター２００グラムをボウルに入れ、泡立て器で白っぽくなるまでかき回す。
②砂糖１５０グラムを2回に分けて加え、さらに白っぽくなるまでかき立てる。アーモンドプードル80グラムと、塩ひとつまみを加えて軽く混ぜる。
③薄力粉４００グラムをふるいながら加えて、ざっくりと混ぜ合わせる。
④ラップの上に生地をのせ、長い四角柱に形をととのえる。冷凍庫で瞬間的に冷やし固め、端から1センチ弱の厚みに切ってゆく。天板に並べ、１８０度のオーブンで約30分ほど焼く。

「夏野菜と鶏の南島風カレー」 4人分 P.026

①玉ねぎ3個と、にんにく、しょうが各2片は、それぞれみじん切りにする。
②鍋にサラダ油大さじ2を入れて中火にかけ、①を加えて茶色になるまで炒める。
③カレーパウダー大さじ３と、ローリエ5枚、トマトペースト½カップを加え混ぜ、8等分した鶏もも肉1枚分を加えてさらに炒める。
④水6カップとブイヨンキューブ3個を加え20分ほど煮込む。
⑤ココナッツミルク1缶（４００ミリリットル）と乱切りにした茄子3本を炒めて加え、さらにとろみが出るまで煮込む。

⑥くし型に切ったトマト1個分と、ゆでたオクラ12本を加え、ナンプラーで味をととのえる。

「ココナッツミルクの冷たいお汁粉」 4人分 P.032

①ココナッツミルク1缶（400ミリリットル）とみつ豆1缶（165グラム）を開ける。
②1センチの厚みに切ったようかん3切れ分をさいの目に切る。
③バナナ1本を輪切りにする。
④すべてをボウルに入れ、さらに砂糖大さじ2と牛乳1カップを加え混ぜてよく冷やす。
⑤グラスに注いで箸をさす。
（写真＝口絵 P01）

「ウィーンの画家風モザイク模様の肉団子」 4人分 P.038

①枝豆はゆで、さやから出したものを大さじ2、赤と黄ピーマンは1センチ角に切ったものをそれぞれ大さじ1ずつ用意する。
②鶏ひき肉200グラムをボウルに入れ、①と玉ねぎのすりおろし¼個分、ヨーグルト大さじ1、バジルのみじん切り1茎分、塩、胡椒、パン粉大さじ3を加えてよくねり混ぜ、12個の団子にまとめる。
③フライパンにオリーブオイル大さじ1を入れ、弱火で肉団子を両面軽く焼く。
④生クリーム1カップとクリームチーズ小さじ2を加え、しばらく煮る。塩、胡椒して味をととのえる。ソースが固すぎるようなら牛乳でのばす。

「彼女の焼き豚」 P.044

①豚肩ロースブロック400グラムはたこ糸でしばって形をととのえ、全体にまんべんなく味噌大さじ1をぬりつける。
②鍋を中火にかけてごま油大さじ½を入れ、①の肉を転がすようにしてうっすら焼き色をつける。
③酒大さじ2、砂糖大さじ2、醤油大さじ5、オイスターソース大さじ1、たたきつぶしたにんにく1片、しょうが1片、ねぎの青い部分1本分、八角1個とシナモンスティック1本を加え、かぶるく

らいの水を加えて強火にかける。沸騰したら弱火にしてアクを取りながら煮込む。途中で汁が少なくなりすぎたら水を少し加えてさらに煮込む。
④串をさしてみて透明な汁が出てきたらできあがり。汁は煮つめてタレにする。焼き豚はある程度冷ましてから薄くスライスし、白髪ねぎと香菜を添える。

（写真＝口絵P06）

「パリ風バーガー」 2人分 P.050

①にんじん½本は皮をむいて千切りにし、塩少々でもんでしばらくおく。出てきた水分を軽くしぼり、きざんだディルとレモン汁、黒胡椒各少々と、エキストラヴァージンオリーブオイル大さじ1で和える。
②フランスパンのバンズ2個をそれぞれ半分に切り、バターをぬる。
③パンの片面に薄く切ったカマンベールチーズを1切れずつのせ、オーブントースターで焼く。残りの2つは何ものせずに焼く。
④チーズが軽く溶けた上に、①をひとつかみ、スモークサーモン1枚、クレソン適宜をそれぞれのせて、残りのパンでサンドする。

「ホット・シリアル・ヨーグルト」 1人分 P.056

①耐熱の器に好みのシリアルを1カップ入れる。さいの目に切ったナチュラルチーズ8切れと、輪切りのバナナ½本分をのせ、オーブントースターでチーズが軽く溶けるまで温める。
②ヨーグルト½カップとはちみつ大さじ1～2、シナモンパウダー少々を加えて、よく混ぜながら食べる。

「ビーフンのもどし方」 P.063

①大きな鍋にたっぷりの水を入れ（パスタをゆでる時と同じくらい）、強火にかける。
②完全に沸騰したらごま油少々を加え、ビーフン1袋（150グラム）を入れる。さっと箸でかきまわして10数え、ざるに上げる。
③水気をよく切ってからボウルにあけ、上からラップをして20分ほ

ど蒸らす。
④ラップを取りはずし、固まっている麺を指でほぐす。さらにごま油小さじ1をふり入れ、シャンプーする時のように指先を動かして麺をほぐし、ふんわりさせる。冷めたらビニール袋に入れて冷蔵庫に保存しておく。
※鍋にスープと好みの野菜を加えて煮立て、ビーフンを加えれば、いつでも汁ビーフンが食べられます。

「そば米とソーセージのスープ」

2人分 P.070

①鶏ガラ1羽は熱湯をかけまわしてくさみをとり、水7カップと共に鍋に入れる。にんじん、玉ねぎ、大根、長ねぎなどの切れはしを加えて強火にかける。沸騰したら弱火にし、アクをすくいながら3〜4時間(スープが半量になるまで)煮る。ざるでこして、スープを鍋にもどす。
②そば米大さじ4はかぶるくらいの水を加えて1時間ほどおき、ざるに上げておく。
③①に生ソーセージ4本と②のそば米を加えて火にかけ、ソーセージに熱が通ったら、塩と黒胡椒で味をととのえる。

「緑のハーブティー」

2人分 P.077

①耐熱のグラスにはちみつ適量と、緑茶の茶葉小さじ2、ミントの葉適量、レモングラス10センチ分を入れ、上から沸騰した湯を注ぐ。
②スプーンでかき混ぜて、茶葉がひらいてから飲む。

「豆腐飯」

4人分 P.084

①米2合をとぐ。
②もめん豆腐はパックから取り出して大きめにほぐしておく。
③炊飯器に①の米と豆腐パックの水分を加え、さらに酒大さじ2、ごま油大さじ1を加えて普通に水加減し、だし昆布5センチ、自然塩ひとつまみを加えてよく混ぜる。ふたをしてそのまま20分ほどおき、炊飯器のスイッチを入れる。
④炊き上がったら②の豆腐とちりめんじゃこひとつかみを加え、ふ

たをして15分ほど蒸らす。
⑤全体をざっくり混ぜ合わせて茶碗によそり、しょうが醬油をかけて食べる。
（写真＝口絵 P04）

「サクラ・ムース」
4人分 P.091

①桜の花の塩漬け12輪は、まわりについた塩をふり落とし、水に浸けて塩抜きする。かなり塩辛いので2～3回水をとりかえる。粉ゼラチン1袋（5グラム）を大さじ2の水にふり入れ、よく混ぜて15分ほどおく。
②いちご半パック分をボウルに入れ、フォークの背でつぶす。
③①のゼラチンを湯煎で軽く溶かし、水気をしぼった桜の花と共に②に加え混ぜる。
④別のボウルで生クリーム1カップに砂糖大さじ4を加え、ツノが立つ手前まで泡立てる。
⑤③に④をを加えて混ぜ合わせ、容器に移して冷蔵庫で冷やし固める。
（写真＝口絵 P03）

「眠れない夜のカクテル」
1人分 P.097

大きめのグラスに氷を入れて、チンザノの赤をキャップ4杯とトニックウォーター½本を加え、軽く混ぜる。ミントの葉を適量、手でちぎって加える。
※チンザノは、薬草やスパイスの香りをつけたワインの一種です。
（写真＝口絵 P02）

「残り物のハンバーグサンド」
1人分 P.104

食パンは2枚トーストしないでマヨネーズをたっぷりぬる。片面にレタスと前日の残り物ハンバーグ1個をのせ、パンではさむ。

ハンバーグ2個分の作り方
①合いびき肉200グラムをボウルに入れ、玉ねぎのすりおろし¼個分、玉子1個、パン粉大さじ3～4、ナツメッグ、塩、黒胡椒各少々を加えて練り混ぜる。
②①を2等分して空気を抜いてから平らに丸め、サラダ油大さじ1をひいたフライパンで両面をじっくり焼く。中まで焼けたら酒大さじ3、ウスターソース大さじ2、醬油大さじ½、ケチャップ小さじ1を加えて、汁が半分になる

まで煮つめる。（写真＝口絵P05）

「娘のフェイバリット・ラッシー」　2人分　P.111

①ミキサーにバナナ1本、牛乳½カップ、ヨーグルト1½カップ、はちみつ大さじ2、アイスキューブ10個、シナモンパウダー、カルダモンパウダー各少々を入れてスイッチを入れる。
②氷が粉々になったらグラスに注ぐ。

「夏野菜の網焼き」　4人分　P.118

①茄子2本、赤ピーマン1個、グリーンアスパラ2本は網の上で転がしながら、強火で黒くなるまで焼く。
②焼けた野菜から順に水に取って皮をむく。
③熱いうちに大きめに切り、太白ごま油と醤油を少々ふりかけ、スダチや青ゆず、なければレモンをしぼって食べる。

「秋の中国茶」　1人分　P.125

①大きめの耐熱グラスに、底の茶葉がかくれるくらい安渓鉄観音茶を入れる。赤ざらめ大さじ1と、クコの実大さじ1を入れる。
②上から沸騰した湯を注ぎ、小皿でふたをして茶葉が開くのを待つ。
③スプーンでかきまわして赤ざらめを溶かし、茶葉が沈んだらクコの実を食べながら飲む。
※クコの実がなかったら、干した杏やプラムを入れてもおいしいです。

「鶏の赤ワインソース煮」　4人分　P.131

①玉ねぎ¼個、にんにく1片、セロリ10センチを、それぞれ粗みじんに切る。
②小鍋にバター20グラムを入れ、①をいちどに加え炒める。香りが出てきたら、小麦粉大さじ1をふり入れ軽く炒める。
③赤ワイン1½カップを加え、トマトの水煮½缶を手でつぶしながら加える。煮立ったらごく弱火

にして、醤油大さじ½を加え40分ほど煮込む。塩、黒胡椒を加えて味をととのえる。
④鶏もも肉2枚はそれぞれ1枚を4等分し、塩と黒胡椒をすりこんでおく。
⑤フライパンにオリーブオイル大さじ1を入れ、強火にして④の鶏を皮目の方から焼く。カリッとした焦げめがついたら裏返し、③の赤ワインソースをこしながら加え、ふたをして弱火で蒸し焼きにする。

「グールドの葛粉のビスケット」

20個分

P.137

①葛粉100グラムはミキサーで粉々に砕いておく。
②室温で柔らかくしておいたバター75グラムをボウルに入れ泡立て器でかき混ぜる。粉砂糖40グラムを加えて白っぽくなるまでかき立てる。
③薄力粉50グラムと葛粉を合わせふるいにかけながら②に加えて混ぜる。
④小さいコッペパンの形に丸めて20個作る。ホイルを敷いた天板に並べ、170度のオーブンで20分ほど焼く。
※表面も中も白っぽく、底だけごく薄いきつね色の状態に焼き上げてください。

「胡麻バター」

P.143

①白胡麻1カップは空煎りして香りを出し、すり鉢できめ細かく、油がほんのりにじみ出るまですりつぶす。
②室温で柔らかくしておいた無塩バター200グラムとキャラウェイシード小さじ1、自然塩をほんの少々加えてよく混ぜる。
③ラップで包み、ソーセージのように細長く形作る。冷蔵庫で冷やし保存する。
※焼きたてのパンにぬるのはもちろん、じゃが芋や大根、にんじん、グリーンアスパラやキャベツや青菜など、ゆでた野菜に「ごまバター」をのせ、自然塩とレモン汁を振りかけるととてもおいしい。肉や魚の焼いたのにも合います。

「とろとろハーブゼリー」

4人分 P.150

①粉ゼラチン1袋（5グラム）は、大さじ2の水にふり入れてふやかしておく。

②小鍋に水3カップを入れて火にかけ、砂糖大さじ2を加え混ぜる。沸いたら火からおろし、①のゼラチンを加えてよく混ぜる。そのまましばらく冷ましておく。

③グラス4個にレモンバームとミント各適量を入れ、あら熱が取れた②を注いで冷蔵庫で冷やし固める。ピンクグレープフルーツの汁をしぼり、はちみつをかけて混ぜながら食べる。

（写真＝口絵 P08）

「かぶスープ」

1人分 P.157

①かぶ2個は皮をむいて丸のまま小鍋に入れ、半分に切ったベーコン2切れと、ローリエ1枚、キャラウェイシード少々とスープストック（「そば米とソーセージのスープ」参照）2カップを加え、中火にかける。

②かぶが柔らかくなったらフォークでくずし、塩、白胡椒少々とバター一片を加えて味をととのえる。

（写真＝口絵 P07）

「水菜のシャキシャキサラダ」

4人分 P.163

①水菜2/3袋は根元を切り落とし、3等分に切る。洗ってよく水を切る（布巾で拭いたりして完全に水気を取るのがコツ）。

②白ごま大さじ2を空煎りし、良い香りがしてきたらすり鉢で半ずりにする。ゆず1個分をしぼり、薄口醤油大さじ2、太白ごま油大さじ2、ゆず皮のすりおろし少々を加えてよく混ぜる。

③器にこんもりと水菜を盛り付け、上から②のドレッシングをかけまわす。

「ステーキ丼」

1人分 P.169

①にんにく1片を薄切りにし、オリーブオイル大さじ1を入れたフライパンに加えて強火にかける。

②にんにくが色づいたら取り出し、牛ステーキ用肉1枚に塩少々

をふりながら焼く。両面をさっと焼いたら、まな板の上に取り出して食べやすく切る。
③②の肉とにんにくをフライパンにもどし入れ、酒大さじ3、醤油大さじ1を加えてしばらく煮詰める。わさび適宜を加え混ぜ、熱々のところをご飯の上にのっける。貝割れ大根をきざんでたっぷりのせる。

「桜の蒸しケーキ」　18センチ丸ケーキ型　P.176

①桜の花の塩漬け10輪は、まわりについた塩をふり落とし、水に浸けてよく塩抜きしておく。
②薄力粉と砂糖各1カップとベーキングパウダー小さじ1をボウルに入れ、ダマがなくなるまで泡立て器で混ぜる（ふるいにかけるよりも簡単）。
③割りほぐしておいた玉子3個を加えてよく混ぜ、サラダ油½カップを加えてさらによく混ぜる。
④①の桜の花を軽くしぼって加え混ぜ、ワックスペーパーを敷いた型に流して、湯気の上がった蒸し器で30分ほど蒸す。竹串をさして何もついてこなければでき上がり。

「ウィーン風パンケーキ」　2人分　P.183

①卵黄1個分と牛乳1カップを合わせて混ぜ合わせる。
②残った卵白は砂糖大さじ1を加えてツノが立つまで固く泡立てる。
③ボウルに薄力粉1カップとベーキングパウダー小さじ1、砂糖大さじ1を合わせ入れ、ダマがなくなるまで泡立て器で混ぜる（ふるいにかけるよりも簡単）。
④①と溶かしバター10グラムを加え、なめらかな生地になるようによく混ぜ合わせる。②の卵白を加えてさっくり混ぜる。
⑤バター10グラムを入れたフライパンを弱火で熱し、③の生地の½を流し入れる。裏面がきつね色になってきたら裏返して両面を焼き上げる。フライ返しで適当な大きさにちぎり、皿にあける。
⑥同様にバターをひいてもう一枚焼いて盛り付け、それぞれに粉砂糖をたっぷりふりかける。

「おかかバターライス」　4人分　P.189

①玉ねぎ1個はみじん切り、みょうが2個と大葉10枚は千切り、貝割れ大根1パックとクレソン1束（茎ごと）はざく切りにする。
②鍋にバター30グラムを入れて中火にかけ、玉ねぎがしんなりするまで炒め、米2カップ（洗わなくてよい）を加え、手でさわってあたたかくなるまで炒める。水2カップを加えてふたをし強火にする。ふたから湯気が漏れてきたら弱火にして13分。強火にして10数え火を止める。そのまま15分ほどおいて蒸らす。
③かつおぶしふたつかみ、塩小さじ1と醤油少々を加えてざっくり混ぜる。皿に盛って、①の香り野菜をこんもりのせる。

「はまぐりのサラダ仕立て」　2人分　P.195

①はまぐり4個は大粒のものを用意し、塩水に浸けて砂を吐かせておく。
②鍋にはまぐりを並べ、白ワイン½カップを加えて蓋をし、強火にかける。
③湯気が漏れてきたら弱火にし、口が開くのを待つ。
④クレソン½束とルッコラ½束、香菜3茎を手で大きめにちぎり、皿に敷きつめてはまぐりを並べる。
⑤③の蒸し汁を半分に煮つめ、エキストラヴァージンオリーブオイル大さじ2と、ライム果汁½個分、黒胡椒少々を加え、はまぐりの上から熱いうちにかけまわす。
（写真＝口絵 P06）

「モロヘイヤの梅和え」　2人分　P.200

①モロヘイヤ1束は葉っぱをちぎって茎をざく切りにし、茎の固いところは捨てる。
②鍋に湯を沸かして塩ひとつまみを入れ、①のモロヘイヤをさっとゆでる。ザルにあけて冷水をかけ、冷めたら軽くしぼってまな板の上に取り、包丁でたたくように細かく刻む。種を取った梅干し1個も合わせてたたく。
③②を器にうつし、市販のめん

つゆ大さじ3とかつおぶしひとつかみ、ごま油少々を加えてねばりを出すようによく混ぜる。

「かぼちゃと鶏肉の味噌スープ」　4人分　P.207

①かぼちゃ1/8個分はワタを軽く取りのぞき、ところどころ皮をむいて8つに切る。鶏もも肉（150グラム）はひと口大に切る。
②鍋を中火にかけ、バター大さじ1でかぼちゃと鶏肉を軽く炒める。
③酒大さじ2とだし汁2カップを加えて沸いてきたら火を弱め、アクをすくいながらかぼちゃが柔らかくなるまで煮る。さらに牛乳1カップを加え、味噌大さじ2を溶き入れて軽く沸かす。

「モンゴルの平パン」　4人分　P.213

①強力粉3カップ、オートミール½カップ、ドライイースト小さじ3、塩小さじ2、砂糖小さじ1、白ごま大さじ2をボウルに入れて軽く混ぜ、さらに溶かしバター50グラムを加え混ぜ込む。
②ぬるま湯1¼カップを加えてひとまとめにし、台の上に出して強力粉で打ち粉をしながら、なめらかになるまでよくこねる。
③ポリ袋に入れて輪ゴムで口をゆったりとしめ、ボウルにもどして暖かいところで発酵させる。40分ほどして生地が2倍にふくらんだら、こぶしで1度たたいてガス抜きをし、4等分する。
④それぞれの生地を25センチくらいの円盤に伸ばし、油をひかないフライパンを中火に熱して、表と裏を両面焼く。
※ねぎや香菜、ルッコラなどを包んで、自然塩と黒胡椒、エキストラヴァージンオリーブオイルをふりかけながら食べてください。

解説

原田郁子（クラムボン）

高山さんは、料理をやっている。

わたしは、音楽をやっている。

きのうも、きょうも、あさっても。たぶん、10年後も、20年後も、さらにその先も。馬鹿みたいに、そのことだけを考えて。まいにち、まいにち。くる日も、くる日も。たぶん、やっている。


わたしたちを知る、近しい人たちは、みな。

「高山さんと郁子ちゃんは、似ているね」と言います。

わたしに逢いながら「高山さんを思い出した」り。

高山さんに逢いながら「郁子ちゃんと逢ってるみたい」だったり。

「しゃべり方や、声のトーンも、よく似ている」らしい。


そもそも、この本に出逢ったときのきっかけも、こうでした。

「今、この本読んでて、すげぇ面白いんだけどさ。なんか、この人、君に似てるよ」

ハナレグミの永積タカシくんに、そう言われたのです。

手渡された本のタイトルを、そのまま、声に出して、読んでみました。

「帰ってから、お腹がすいてもいいようにと思ったのだ。」

初めての感触に、なんだかわからないけど、そわっと、「そそられる」ものがありました。

だけど、ぺらっとめくって、「これはちゃんと読まなきゃいけない本だ」とわかり、ぱたんと閉じてしまう。それきり、本のことは、すっかり忘れていました。

ある日、わたしはクラムボンのライブをするために、名古屋のクアトロというライブハウスに居ました。

この日は、当時のレコード会社「ワーナー」に所属するバンドをいくつも集めたイベントで、会社のみんなは盛り上がっていたけれど、当の本人たちは、音楽的に何かが生まれそうな感じもなく。それぞれの持ち時間をきっちりやったら「どーも、おつかれさまでしたー」というような。「大人の都合的な」イベントでした。

リハーサルが終わって、楽屋にいくと、すでに他のバンドメンバーでごったがえしており、次のバンドのリハーサルも、ドンドコはじまっています。

「うーん、居場所がない……」本番までここにいるのは、ツライなぁ。と、逃げるようにして、下の階の本屋へ向かいました。

「あー、そういえば。タカシくんが言ってた本、あるかなぁ」

ちょっと長くて、変わったタイトルの本は、ちゃんと、そこに、ありました。

「帰ってから、お腹がすいてもいいようにと思ったのだ。」

人がこない非常階段に座り込んで、わたしは、初めて、高山さんの本を開きます。

病室での家族のやりとりで、くぅーっと、胸が苦しくなる。

病院のにおい、蛍光灯の明かり、ビニール床のすれる音、ミートボールの味。そしてパサパサのサンドイッチ。高山さんという人が、生々しく、におってくる。ぴったりくっついて、重なって、どんどん入りこんでくる。

「帰ってから、お腹がすいてもいいようにと思ったのだ。」

この一文が出てきたところで、思わず、涙がでる。

一滴の水が、ストンと落ちていくみたいに、綺麗で、悲しかった。

そして、わたしの脳のなかでも、フィッシュマンズの歌が鳴りはじめる。

誰が何と言おうとも。

頭のいい人が突然やってきて、「世の中の仕組みって言うのはね！」って、ぐいぐい説明してくれようとも。

「自分」

という、あまりにも不確かで、曖昧で、ちっぽけで、移ろいやすく、手に負えない存在を通して、しか、この世界を、感じることはできない。

読んでるうちに、だんだん、周りの音がきこえなくなって。
井戸の底で、言葉が響く。こだまする。

わたしは、自分に帰っていくような。不思議な安心感に、包まれた。

高山さんは、
弱さも、ダメさも、くだらなさも。
さみしさも、ダサさも、愛おしさも。
美味しさも、楽しさも、素晴らしさも。
ぜんぶ、抱きしめて、伝えてくる。

ぜんぶ、吐き出して、からっぽになろうとする。

こんな料理家は、他にいない。

センスの良さや、可愛い気や、清潔感や、スマートさを。
上手に出せる人は、たくさん居るけれど。

「それだけじゃない」
食べ終わった皿にこびりついたソースまで。
しっかり、ちゃんと、伝えてくる。

いつか、ふたりで、酔っぱらって。
思いつくままに、いろんな話をしていたときに。

「小さい頃は吃りがあった」と、話してくれたことがあった。

発表のときなど、言葉がつまって、何もしゃべれなくなってしまう。

その恐怖、プレッシャー、恥ずかしさと言ったら、凄まじいものがあっただろう。

だから、すこしずつ、「自分の気持ちにピッタリあう言葉」というのを、探すようになる。そうしたら、だんだん、吃らなくなった。

高山さんは、覚悟を決めたんだと思う。

下っ腹に、くっと、力を込めて。

「自分に正直でいよう」って、決めたんだと思う。

吉祥寺にあったKuuKuuというレストランにいくと、
厨房の中で黙々と働く高山さんを、時々、見かけることがあった。

「あの人がここのお店のシェフなんだなー」
それだけ思って、通りすぎる。

そして、お肉が見えないくらいびっしり胡麻のついた、
「黒胡麻スペアリブ」に、かぶりつく。んまぁーい！

当時はお金がなかったから。
誕生日のお祝いとか、がんばった後のご褒美とか。
「KuuKuuに食べにいく」なんてことは、特別なときだけでした。

クラムボンをはじめて、まだ間もない頃のこと。
高山さんが本を書いていたことさえ、知らなかった頃のこと。

そして、ある日。
この本を読み終えて、ほどなくして。
池尻大橋の「太陽」という店で、高山さんとお逢いすることとなる。
その時の話も、いつかどこかで、ゆっくりと、してみたい。
初対面でありながら、わたしたちは、ぽろぽろと、泣いた。

あれから。
見えない「縁の糸」は、スピードを増して、空を飛び交い、
わたしたちを、ここまで、連れてきた。

高山さんはKuuKuuを辞めて、本格的に料理の本をつくりはじめ、
執筆活動をはじめ、たくさんの人の中に出て行った。

わたしも、クラムボンと並行して、ソロ活動をはじめ、新たにｏｈａｎａというバンドもはじめ、たくさんの人の中に出て行った。

それぞれの中に、濃密で、充実した時間が、たくさん、たくさん、流れた。


やっと、やっと、これからだよね。

さんざん雨が降って、ようやく、地がかたまって。なんとか、自分の足で、立てるようになって。

ここから、また、どこまでも、どこまでも。呼吸を整えて、ざぶんと、飛びこんでいくんだよね。


もっと、めちゃくちゃに。もっと、しなやかに。

わたしたちは、もっと、もっと、自由に、泳げるはず。

あー、そろそろ、また。高山さんの「ぎゅっと」つまった文章にも、触れたくなりました。

長ぁーい横目で、そっと、待ってるね。いつか、また、思いっきり、書いてください。

「今日も、元気でやってるかなー?」

そんな気配を、遠く、近く、感じながら。

もうちょっと、やってみるよ。

高山さん! いつもありがとう!!!

ばーちゃんになっても、よろしくねーーーーーん。

追伸・借りっぱなしのフリーダ・カーロの本、今度もっていきます。
それからこないだのタクシー代も！

２００９年　２月18日　春みたいな陽気の日。

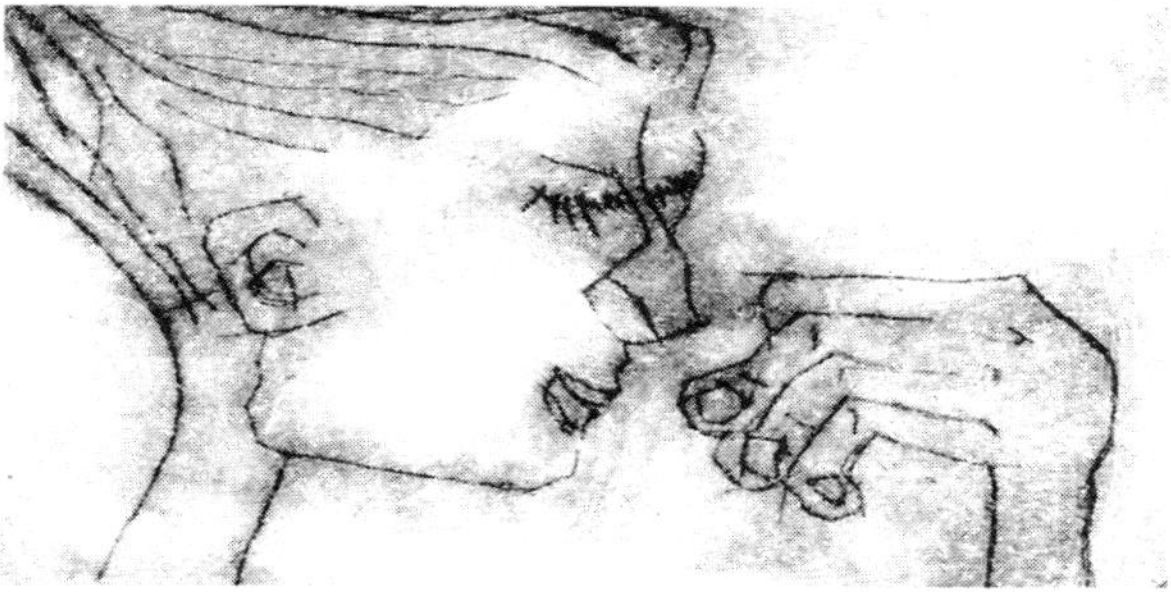

単行本　二〇〇一年四月　ロッキング・オン刊
口絵写真　日置武晴
挿絵　白川千尋
デザイン　山本知香子
（目次・扉・口絵・レシピ）
JASRAC　出0901696-901

文春文庫

帰《かえ》ってから、お腹《なか》がすいてもいいようにと思《おも》ったのだ。

定価はカバーに表示してあります

2009年4月10日　第1刷
2025年4月25日　第8刷

著　者　高山《たかやま》なおみ
発行者　大沼貴之
発行所　株式会社　文藝春秋

東京都千代田区紀尾井町3-23　〒102-8008
TEL　03・3265・1211(代)
文藝春秋ホームページ　https://www.bunshun.co.jp

落丁、乱丁本は、お手数ですが小社製作部宛お送り下さい。送料小社負担でお取替致します。

印刷・大日本印刷　製本・加藤製本
Printed in Japan
ISBN978-4-16-775369-6

（　）内は解説者。品切の節はご容赦下さい。

青木直己
江戸　うまいもの歳時記

春は潮干狩りに浅蜊汁、夏は江戸前穴子に素麵、秋は梨柿葡萄と果物三昧、冬の葱鮪鍋・鯨汁は風物詩——江戸の豊かな食材八十五と驚きの食文化を紹介。時代劇を見るときのお供に最適。

あ-88-1

石井好子・水森亜土
料理の絵本　完全版

シャンソン歌手にして名エッセイストの石井好子さんの絶品レシピに、老若男女の心をわしづかみにする亜土ちゃんのキュートなイラスト。卵、ご飯、サラダ、ポテトで、さあ作りましょう！

い-10-3

石井好子
パリ仕込みお料理ノート

とろとろのチーズトーストにじっくり煮込んだシチュー……パリで「食いしん坊」に目覚めた著者の、世界中の音楽の友人と、忘れがたいお料理に関する美味しいエッセイ。（朝吹真理子）

い-10-4

海老沢泰久
美味礼讃

彼以前は西洋料理だった。彼がほんもののフランス料理をもたらした。その男、辻静雄の半生を描く伝記小説——世界的な料理研究家辻静雄は平成五年惜しまれて逝った。（向井　敏）

え-4-4

姜　尚美
何度でも食べたい。
あんこの本

京都、大阪、東京……各地で愛されるあんこ菓子と、それを支える職人達の物語。名店ガイドとしても必携。7年半分の「あんこ日記」も収録し、東アジアあんこ旅も開始！（横尾忠則）

か-76-1

先崎　学
将棋指しの腹のうち

対局中の食事が話題になる棋士の世界。本当のドラマは勝負後の打ち上げで起きている。勝って泣き、酔い潰れ……。現役棋士が描く勝負師達の誰も知らない素顔。（サバンナ・高橋茂雄）

せ-6-3

高山なおみ
帰ってから、お腹がすいてもいいようにと思ったのだ。

高山なおみが本格的な「料理家」になる途中のサナギのようなころの、落ち着かなさ、不安さえ見え隠れする淡い心持ちを綴ったエッセイ集。なにげない出来事が心を揺るがす。（原田郁子）

た-71-1

高野秀行
辺境メシ
ヤバそうだから食べてみた

カエルの子宮、猿の脳みそ、ゴリラ肉、胎盤餃子……。未知なる「珍食」を求めて、世界を東へ西へ。辺境探検の第一人者である著者が綴った、抱腹絶倒エッセイ！（サラーム海上）

た-105-1

徳永　圭
ボナペティ！
臆病なシェフと運命のボルシチ

仕事に行き詰った佳恵はある時、臆病ながら腕の立つシェフ見習いの健司と知り合う。仲間の手も借り一念発起してビストロ開店にこぎつけるが次々とトラブルが発生!?　文庫書き下ろし。

と-32-1

徳永　圭
ボナペティ！
秘密の恋とブイヤベース

念願のビストロを開店してはや一年。新規顧客開拓に頭を悩ます佳恵だったが、健司は花屋の女性に夢中になり……。美味しい料理と切ない恋が心に沁みる、書き下ろしお料理小説第二弾。

と-32-2

西　加奈子
ごはんぐるり

カイロの卵かけごはんの記憶、「アメちゃん選び」は大阪の遺伝子、ひとり寿司へ挑戦、夢は男子校寮母…幸せな食オンチの美味しオカしい食エッセイ。竹花いち子氏との対談収録。

に-22-4

林　望
イギリスはおいしい

まずいハズのイギリスは美味であった!?　嘘だと思うならご覧あれ――イギリス料理を語りつつ、イギリス文化の香りも味わえる日本エッセイスト・クラブ賞受賞作。文庫版新レセピ付き。

は-14-2

平松洋子
忙しい日でも、おなかは空く。

うちに小さなごちそうがある。それだけで、今日も頑張れる気がした。梅干し番茶、ちぎりかまぼこ……せわしない毎日にもじんわりと沁みる、49皿のエッセイ。（よしもとばなな）

ひ-20-2

平松洋子
肉とすっぽん
日本ソウルミート紀行

牛、馬、猪、鳩、鯨、羊、すっぽん、ホルモン……「うまい肉」の根源を追って日本各地へ。見て、聞いて、食べて、人と動物のかかわりに迫る前代未聞のルポルタージュ。（角幡唯介）

ひ-20-14

（　）内は解説者。品切の節はご容赦下さい。

フード理論とステレオタイプ50
物語をおいしく読み解く
福田里香　画　オノ・ナツメ

漫画やドラマなどに出てくる様々な食べ物。それはどのように扱われているのか？　フード目線から物語における登場人物の性格や感情、状況を読み解くことで物語がもっと面白くなる！

ふ-38-2

君がいない夜のごはん
穂村　弘

料理ができず味音痴……という穂村さんが日常の中に見出した「かっこいいおにぎり」や「逆ソムリエ」。独特の感性で綴る「食べ物」に関する58編は噴き出し注意！　（本上まなみ）

ほ-13-4

いとしいたべもの
森下典子

できたてオムライスにケチャップをかけて一口食べた瞬間、懐かしい記憶が甦る――たべものの味には、思い出という薬味がついている。絵と共に綴られた23品の美味しいエッセイ集。

も-27-1

こいしいたべもの
森下典子

母手作りの甘いホットケーキなど、味の記憶をたどると胸いっぱいになった事はありませんか？　心が温まる22品の美味しいカラーイラストエッセイ集。『いとしいたべもの』続編！

も-27-2

旅行者の朝食
米原万里

ロシアのヘンテコな缶詰から幻のトルコ蜜飴まで、古今東西の美味珍味について蘊蓄を傾ける、著者初めてのグルメ・エッセイ集。人は「食べるためにこそ生きる」べし！　（東海林さだお）

よ-21-2

もの食う話
文藝春秋　編

物を食べることには大いなる神秘と驚異が潜んでいる。荷風、百閒、澁澤龍彥、吉行淳之介、筒井康隆ほか、食にまつわる不安と喜び、恐怖と快楽を表現した傑作の数々を収録。　（堀切直人）

編-5-10

（　）内は解説者。品切の節はご容赦下さい。

安西水丸
ちいさな城下町
有名無名を問わず、水丸さんが惹かれてやまなかった村上市・行田市・中津市・高梁市など二十一の城下町。歴史的事件や人物の逸話、四コマ漫画も読んで楽しい旅エッセイ。（松平定知）
あ-73-1

植村直己
エベレストを越えて
一九八四年二月、マッキンリーに消えた不世出の冒険家が、一九七〇年の日本人初登頂をはじめ、五回にわたる挑戦を通じて人類を魅きつけてやまないエベレストの魅力のすべてを語る。
う-1-5

植村直己
青春を山に賭けて
エベレスト、モン・ブラン、キリマンジャロ、アコンカグアなど五大陸最高峰の世界初登頂の記録と、アマゾン六千キロに挑むイカダ下り。世紀の冒険野郎の痛快な地球放浪記。（西木正明）
う-1-6

岡田光世
ニューヨークのとけない魔法
東京とニューヨーク。同じ大都会の孤独でもこんなに違う。お節介で、図々しくて、孤独な人たち。でもどうしようもなく惹きつけられてしまうニューヨークの魔法とは？（立花珠樹）
お-41-1

角田光代
降り積もる光の粒
旅好きだけど旅慣れない。そんな姿勢で出会う人や出来事。三陸からアフリカ、パリ、バンコク。美食を楽しむ日もあれば、世界最貧国で危険を感じる。旅にまつわる珠玉のエッセイ。
か-32-14

角幡唯介
極夜行
太陽の昇らない冬の北極を旅するという未知の冒険。極寒の闇の中でおきたことはすべてが想定外だった。犬一匹と橇を引き、4カ月ぶりに太陽を見たとき、何を感じたのか。（山極壽一）
か-67-3

角幡唯介
極夜行前
天測を学び、犬を育て、海象に襲われた。本屋大賞ノンフィクション本大賞、大佛次郎賞をW受賞した超話題作『極夜行』。その「エピソード1」といえる350日のすべて。（山口将大）
か-67-4